Série
L'Œil du Diamant *Lios-Art©*
Romans Fantasy

Édition ScriptoSceptique©

Série : L'Oeil du Diamant

Saga

La première Dragonnière

-

Écho de la Nuit

Écrit par :

Lios-Art

(Aka : L. Bourgeois)

Illustration de la couverture par l'Auteur

Série : L'Oeil du Diamant
Saga : La première Dragonnière :

Vision du Passé — Tome 1
3e édition Février 2021
L'Horizon — Tome 2
1re édition Avril 2021
Le Déploiement — Tome 3
1re édition Avril 2022
Écho de la Nuit — Tome 4
1re édition Janvier 2023.

Saga : La Saga Des Jumeaux :

La Prophétie — Tome 5
1re édition Août 2023

La Rencontre du Destin — Tome 6
1re édition   2025

www.Lios-art.com

Admin@lios-art.com

Nouvelle couverture Édition : 2025

9 781777 987893

❧ *Dédicace* ☙

Je dédicace ce roman aux ami(e)s. Ceux que l'on connaît et ceux qui se tiennes dans l'ombre.

Nous avons tous des ami(e)s que l'on considère des ami(e)s. Toutefois ceux qui se tiennes dans l'ombre sont des personnes que l'on ne connaît généralement pas ou pas encore. Ce sont ceux qui sont là au moment le plus inattendu. Un voisin, un inconnu ou tout simplement une personne qu'on n'a jamais perçue comme un ami(e)s. qui nous vient en aide sans même ce présenté.
Soyons tous les ami(e)s de notre prochain.

Remerciement spécial

Je tiens à remercier deux personnes tout particulièrement.

Nancy Boucher
Merci pour ta participation et ton aide à rédiger le texte de la quatrième de couverture.
Cette portion d'un roman est toujours un défi à chaque occasion pour moi.

Patrick Benjamin
Merci pour la collaboration et ton aide à faire en sort que la carte que j'avais réalisée à la base, devienne une œuvre d'art grâce à ton talent de cartographe fantaisiste.

Fantasy Cartographer; patrickbenjamin@gantasycartographer.com

Autre Remerciement

Je ne peux pas passer à côté de remercier tous ceux et celles qui supportent mon travail, d'une façon ou d'un autre. Vous faites partie des ami(e)s dans l'ombre.

www.Lios-art.com

Admin@lios-art.com

Index

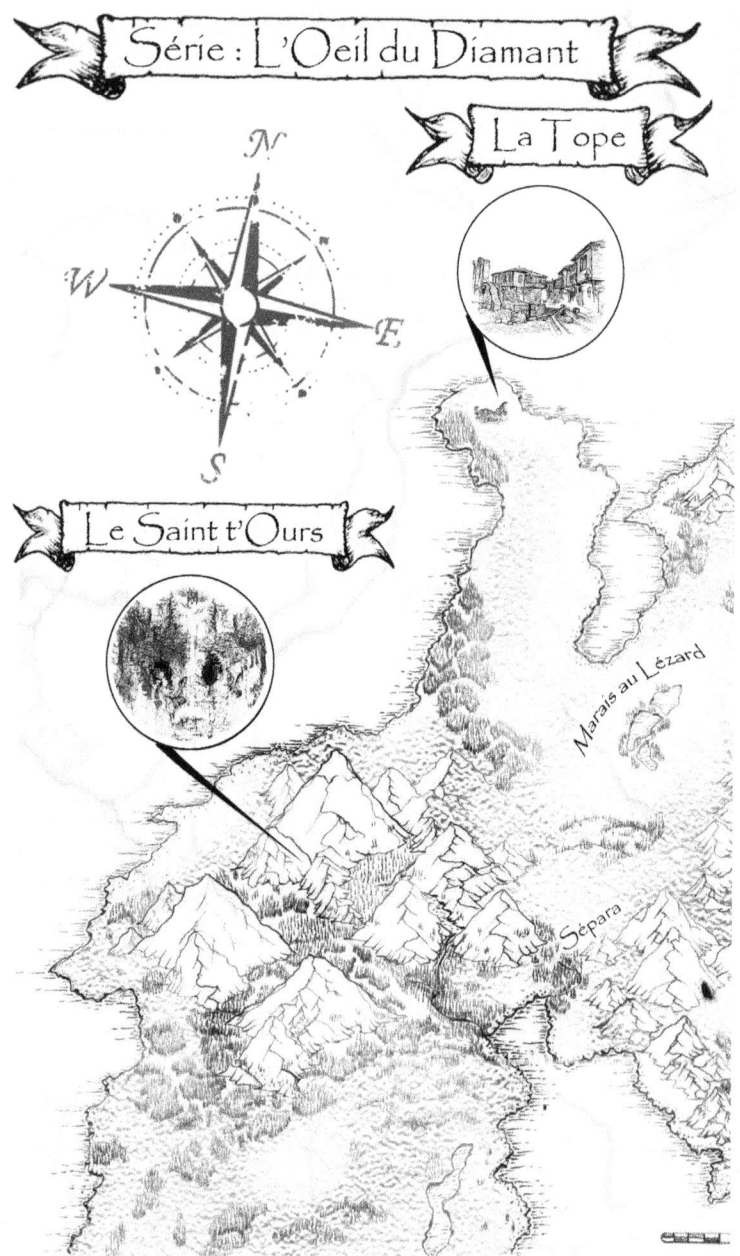

Série : L'Oeil du Diamant

La Tope

N
W
E
S

Le Saint t'Ours

Marais au Lézard

Sépara

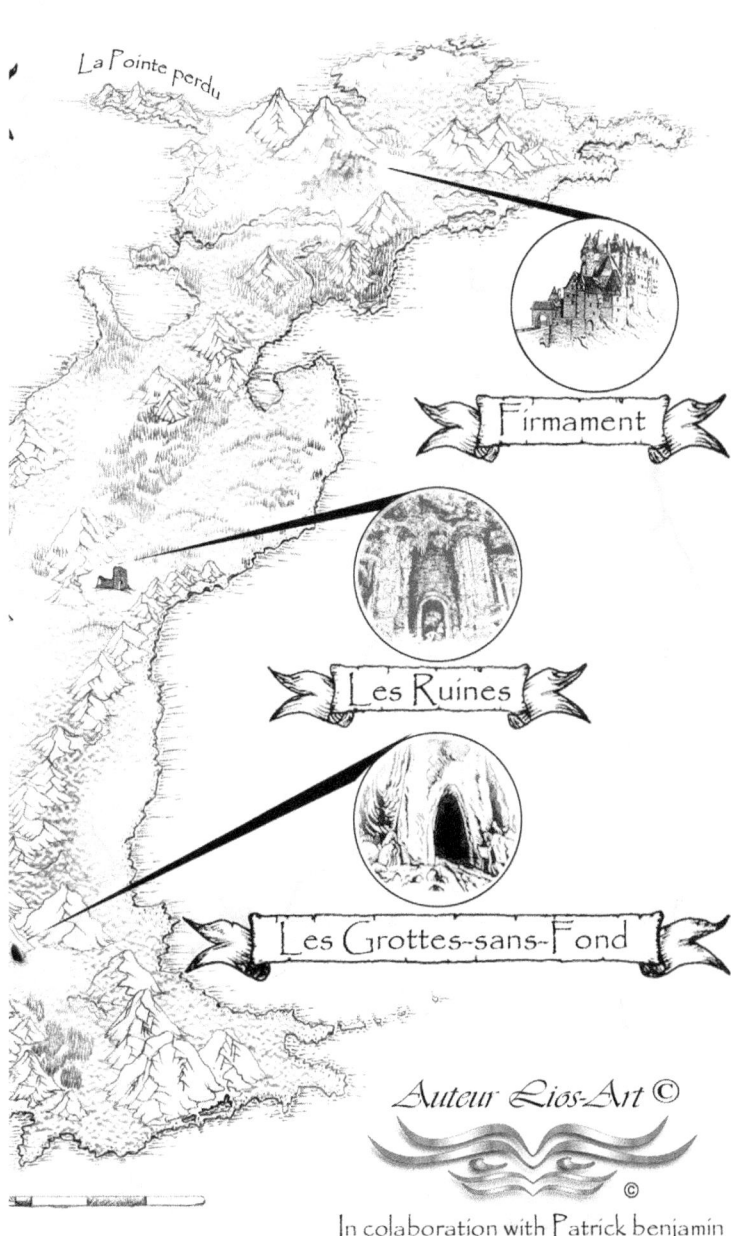

La Pointe perdu

Firmament

Les Ruines

Les Grottes-sans-Fond

Auteur Lios-Art ©

In colaboration with Patrick benjamin

9

Prologue

Gong

La nuit s'était prolongée davantage qu'à l'habitude sous les pierres de la montagne. À l'abri du jour, au cœur du domaine des Grottes-sans-Fond, Tamira dormait à poings fermés, d'un sommeil réparateur avoisinant le coma. Après tout, elle ne s'était pratiquement pas reposée depuis quelques jours. Perpétuellement préoccupée par la disparition de son frère et accablée par un sentiment d'impuissance face aux événements. Elle avait dormi d'un seul œil. L'avènement de tous ces bouleversements et ses secrets l'avaient maintenue debout au-delà du raisonnable. Son petit univers n'existait plus, il venait d'être irrémédiablement bousculé comme jamais auparavant.

Mazily était restée quelque temps à la fin du repas qu'elle lui avait apporté dans sa loge. Portant une oreille attentive, la petite dame avait écouté Tamira comme si elles étaient de vieilles amies, échangeant souvenirs et histoires. Sans s'en être aperçu, un vers après l'autre, Tamira s'était fait posséder par le côté traître de la boisson de sueur de fruit. Elle était passée à deux doigts de tombée sous l'effet de l'alcool. Mazily l'avait aidée à s'allonger malgré les protestations de celle-ci. Elle avait pris soin de ranger les lieux avant de quitter l'endroit. Tamira s'était déjà assoupie, on pourrait pratiquement dire à l'instant même où ses pieds avaient abandonné la commodité du sol.

Noxys avait rejoint sa complice quelque temps après le départ de Mazily dans la nuit. Sans faire le moindre bruit, elle s'était installée sur le tapis moelleux qui était annexé au lit, là où se dormait sa cavalière. Malgré le contenu dépouillé des lieux, chaque élément avait été judicieusement sélectionné afin d'offrir le maximum de confort. Après s'être assoupie sur le sol de la taverne durant quelques heures, cette couette était plus qu'appropriée au confort de son univers de rêve. Elle aurait encore quelques heures de repos avant de voir apparaître à nouveau le sol sous ses battements d'ailes.

Elle n'était pas tombée sur aucun de ses compagnons en chemin. Feragil et Bino s'étaient rendus dans leurs quartiers à leur tour. Fléo Bleu s'était évanoui dans la nature, il avait décidé de faire un petit détour à l'improviste.

Les échos sourds, d'un silence mortellement ennuyeux, planaient dans la taverne. Les seules personnes encore présentes étaient Luc, le barman anormalement grand pour un Castorien, puis Danté, qui s'était assoupi sur le coin du comptoir depuis quelques heures, une longue coulée de bave avait plongé sa joue dans une flaque visqueuse. Le serveur avait pris soin de laver autour du vieil homme sans le déranger ni l'accrocher. Le manque de clientèle lui avait octroyé tellement de temps mort que le tavernier eût fait le nettoyage des emplacements plus souvent durant de la dernière semaine qu'au cours de la précédente décennie. Il avait rendu l'endroit plus rutilant qu'un Draglions nouvellement frappé. En période normale, il aurait bousculé un consommateur endormi pour l'inciter à rentrer chez lui. Il était important de laisser de la place aux nouveaux buveurs, cependant l'épisode était dur et davantage pour le dirigeant des Grottes-sans-Fond.

Au moment de ramasser le dernier pichet que Danté n'avait pas eu la force d'entamer, le gong de la cité retentit à trois reprises. Une expression d'inquiétude remplaça celle de l'ennui. Une bourrasque de vent entraînée par la porte d'entrée qui s'ouvrit avec une telle force qu'on aurait pu croire qu'elle était sur le point de se détacher de ses charnières, réveillant brutalement Danté qui, à son tour, accrocha le dessous du pichet qui gisait dans la main du serveur. Luc, dont l'attention avait été portée sur Mazily qui fit irruption dans les lieux en criant de panique, n'arrivait pas à conserver sa prise sur le pichet et le contenu se déversa sur la tête de Danté, qui fut saisi par la douche inopportune de sueur de fruit encore glaciale.

Le vieil homme détrempé se lécha les lèvres avec une expression de surprise ravie. Il leva deux doigts en l'air face à la Castorienne, qui évidemment, avec les yeux exorbités et en pleurs, ne parvenait pas à formuler une phrase compréhensible. Luc, qui s'apprêtait à s'induire en excuse, s'arrêta instantanément au vu du geste de silenta et se contenta d'offrir le chiffon qu'il tenait dans sa main.

"Merci!" dit Danté en empoignant le tissu. Tout en essuyant son crâne dégarni, il reprit en déclarant : "Quel gâchis! Un pichet plein de perdu." Voyant Mazily qui commençait à perdre patience devant le silence imposé, il réagit en lançant : "Calme-toi, ma chère. Nous n'arrivons pas à comprendre le moindre mot que tu cherches à nous dire."

Mazily prit une grande respiration afin de rassembler toutes ses forces et calmer ses inquiétudes pour répondre en même temps que Danté ferma sa main. "Ses Tident. On ne le trouve nulle part. Il a dû sortir encore sans autorisation et on ne parvient pas à le localiser. Je crains le pire… peut-être qu'il a été kidnappé comme les autres."

On pouvait désormais lire l'inquiétude qui avait contaminé chaque parcelle de chair du visage de Danté. Ses mains s'étaient mises à vibrer comme s'il était possédé par une force surnaturelle. Il agrippa son gobelet et le porta à ses lèvres sans en prendre la moindre lampée. Hésitants, les yeux qui roulèrent de droite à gauche comme s'il cherchait quelque chose qui se déplaçait. On pouvait comprendre que son attention ne se portait pas sur quelque chose de précis dans la pièce. Il ouvrit la bouche, on s'attendait à l'entendre parler. Un simple son jaillit de la lisière de ses lèvres et il s'interrompit avant de finalement prendre une gorgée de son gobelet vide. Sans même s'en rendre compte, il reprit une gorgée. Réalisant enfin que le gobelet était à sec, il regarda à l'intérieur. Comme si sa vue lui jouait des tours, il retourna le gobelet à l'envers tout en inclinant sa tête à la même vitesse pour vérifier s'il n'y avait pas d'erreur sur le contenu. D'un air déconcerté et stupéfait, il fixa l'envers du gobelet tout en empoignant le pichet à ses côtés. Il leva légèrement les yeux pour croiser le regard de Mazily, qui tapait du pied d'impatience.

Danté releva le gobelet au même rythme qu'il rajusta sa posture. Sans regarder ce qu'il faisait, il commença à déverser le contenu de la carafe dans le gobelet et déclara d'un ton réciter. "Nous n'avons pas une seconde à mordre. On va… On va…" Perdu dans ses pensées, la langue de Danté se mit à faire du surplace, répétant les mêmes deux mots. "On va... On va..."

Mazily, n'en pouvant plus, le rappela à l'ordre en criant : "Attention! Ton verre va déborder!"

Danté sursauta en revenant à lui et arrêta immédiatement de verser le contenu du pichet. Fixant le récipient avec une attitude hébétée, il dit : "Mais... il est encore vide."

Mazily sourit brièvement en regardant Danté froncer les sourcils et reprit : "Il n'est pas vide... Cela fait bien deux très longues minutes que tu le remplis d'air."

Danté le dévisagea avec sérieux et la réprimanda en déclarant : "Cesse tes sottises. Ce n'est vraiment pas le moment pour les plaisanteries, jeune fille. Tavernier... Du thé bien chaud et bien fort, sur le champ. Toi, Mazily, va chercher Fléo Bleu. Lui pourra sûrement nous aider. Ensuite, envoie une troupe de loutres pisteuses dans la cité à la recherche de notre petit et une autre à l'extérieur immédiatement."

Introduction

À la Recherche.

Noxys, inconsciente, flottait aux abords d'un sommeil profond et bien mérité. Au moment d'être définitivement partie, elle sentit un petit animal lui grimper sur le museau... Croyant avoir affaire à une récidive de Note, elle conserva les yeux fermés et secoua la tête brusquement afin de surprendre l'intrus et de le faire valser de toutes ses forces en criant. "Note, lâche mon nez! Je t'ai déjà dit que ce n'était pas un perchoir." La minuscule bestiole se retrouva propulsée à vive allure dans les airs suivie d'un bruit de cailloux heurtant une surface de bois.

Noxys ne fit même pas l'effort d'ouvrir un œil jusqu'à ce qu'elle entendit. "Grosse Brute!" Ne reconnaissant pas la voix qui venait de lui lancer des injures, Noxys retroussa un sourcil. Elle pouvait voir une petite loutre rose accrochée à l'aide de sa patte au rideau. Elle la fusillait du regard, agitant le poing dans les airs.

Intriguée par l'intrusion, Noxys releva la tête. Avant même d'avoir eu le temps d'exiger quoi que ce soit, une deuxième loutre surgit de l'arrière de l'une des bibliothèques.

Tamira, qui se réveilla à la suite du vacarme, scruta la pièce d'une œillade rapidement. Elle finit par commander. "Que se passe-t-il? Pourquoi tout ce brouhaha?"

Noxys fronça le front. Inclinant légèrement la tête en direction de Tamira, elle fit une déclaration. "Je ne sais pas pourquoi on a de la compagnie. Par contre, je me demande réellement ce qui se passe. C'est à croire que j'ai un trésor qui se cache sous ma cuirasse nasale? Toutes les petites pestes semblent prendre mon nez pour une piste de course."

Tamira regarda dans la direction des loutres. Au même instant, elle s'apprêta à réclamer ce qu'elles faisaient dans leurs quartiers, quand on entendit marteler du poing à la porte d'entrée avec une impitoyable insistance.

Tamira soupira et pensa tout en se levant. "Décidément, la nuit de repos a été fauchée par le temps et a lâché son dernier souffle."

La cadence n'avait pas ralenti à la porte. À l'évidence, la personne qui butait à l'entrée n'était pas sur le point de s'exténuer. Elle ouvrit la porte pour découvrir Mazily qui cherchait son air. Visiblement surmenée, elle était détrempée de sueur et semblait préoccupée...

Sans attendre, Mazily s'empressa de demander en entrant. "Où est Fléo Bleu? Je dois le voir de toute urgence."

Tamira et Noxys répondirent en canon. "Je ne sais pas. Pourquoi?"

Mazily, qui faisait les cent pas de long en large. À la voir aller, on aurait dit qu'elle était plutôt très énervée, au lieu d'une simple préoccupation. D'un geste nerveux et hors de contrôle, elle se frictionnait frénétiquement les deux mains ensemble, scrutant du regard chaque recoin de la place à la recherche de quelque chose ou de quelqu'un en répondant. "C'est Tident... Tident a disparu et on le cherche partout. On ne le trouve pas!"

Noxys, voulant être rassurante, argumenta. "Il doit bien être quelque part. Je sais bien qu'on dit que vous êtes minuscules, les Castoriens, et qu'on peut vous perdre dans une fissure de roche, mais ça ne s'évanouit pas comme ça dans la nature."

"Justement, Noxys… Depuis quelques semaines, plusieurs d'entre nous sont portés disparus. C'est d'ailleurs pour cela que la cité a été scellée du monde extérieur." La Castorienne fit un léger bruit de sanglot avant de reprendre le contrôle sur elle-même. "Mais… C'est de mon petit Tident qu'il s'agit là. Nous avons envoyé des compagnons dans tous les recoins de la ville et un détachement tout autour des montagnes à la surface pour le retrouver." Mazily effectua une pause, elle n'arrivait plus à retenir ses larmes. "Le seul que l'on a récupéré vivant depuis le début des disparitions est l'un de mes cousins éloignés. Cependant, il n'a pas survécu, le pauvre. Il est décédé, et cela même avant qu'on ait eu une seule réponse à nos questions. Il n'a pas eu le temps de nous révéler qui l'avait attaqué. On lui avait arraché les deux dents principales. On n'a aucun indice, par contre, beaucoup soupçonnent les Nains d'être derrière la cause, mais…" Mazily finit abruptement sa phrase et fit signe aux loutres de partir.

Tamira, le cœur gros, répliqua. "Dis-nous ce que nous pouvons faire pour t'aider."

Noxys lui renvoya par la pensée. "As-tu songé au fait que si nous les aidons, on va retarder notre départ?"

"Oui, j'en suis consciente. Mais… nous ne pouvons pas rester là sans rien faire… on est déjà sur place." Tamira pouvait revoir le petit visage mignon de Tident lui grimacer avec ses deux minuscules yeux craquants.

Mazily sourit à la dragonnière avant de lui répondre. "Cela serait très généreux de votre part et nous en serions éternellement reconnaissants, mais pour l'heure, nous avons vraiment besoin de Fléo Bleu."

Noxys demanda. "Avez-vous interrogé Feragil? Car la dernière fois qu'on l'a vu, c'était à la taverne. Il est parti après avoir chuchoté à notre camarade qu'il devait sortir."

"Non, pas encore. Je suis venue directement ici." Répondit Mazily.

Tamira ramassa son armure en annonçant. "Donnez-nous deux minutes le temps d'enfiler notre équipement et nous t'accompagnerons."

À ce même moment, Feragil entra par la porte qui était restée ouverte en déclarant. "Bien, vous êtes toutes les deux debout." Apercevant Mazily, qui se trouvait au centre de la place, Feragil s'aligna et dit. "J'ai croisé Nafrer, ta petite loutre, en chemin ici. Je suis navré, mais Fléo Bleu a dû partir afin d'aller voir Ducan et le voyage lui demande énormément d'énergie. Je présume qu'il aura besoin d'un moment de repos avant de pouvoir ouvrir à nouveau un portail. Si j'avais à parier, il devrait être de retour en après-midi. D'ici là, tu nous as, à ta disposition."

Tamira regarda autour avant d'affirmer. "C'est décidé... Nous partons à la rescousse de Tident."

Chapitre 1

Rouge Feu

La journée avait été consacrée à la recherche de Tident sur tout le territoire des Castoriens et aux abords de celui-ci. Aucune pierre n'avait été épargnée, aucun buisson n'était resté sans être secoué. Mazily désespérait de le retrouver. Assise avec les camarades autour du feu, elle gardait sa langue cachée, à l'abri de la moindre observation. Le regard plongé au cœur des flammes, elle repensait au commentaire de certains ermites qui vivaient seuls dans la forêt. Par moments, ils parlaient de bruits hors de l'ordinaire durant la nuit, d'autres allaient jusqu'à mentionner des fantômes ou des ombres sortant du foyer des enfers. Aile-d'or semblait sceptique sur le sujet, l'hypothèse qu'il avançait apparaissait dans bien des cas plus plausible, dont celle où l'ennemi s'aventurait plus loin sur les territoires afin d'enlever des civils à titre d'esclaves ou pour de multiples raisons obscures. Chez les Castoriens, le doute n'existait pas ou pratiquement pas, ça ne pouvait être autre que les Nains. Ces êtres infâmes qui devaient être à l'origine de ces disparitions. Ayant l'habitude de rejeter la faute d'un bon nombre de choses sur le dos de leurs anciens acolytes, on peut pour ainsi dire, qu'ils étaient devenus leurs souffre-douleurs pour tous leurs maux.

Mazily regarda Bino, une patte de sanglier dans la bouche et le sourire aux lèvres après s'être régalée. Feragil partageait avec Aile-d'or des informations sur la situation de la guerre plus à l'ouest. Tamira, elle, était en train de rire des plaisanteries de Noxys. Même sa loutre semblait passer un bon moment en compagnie de Note. Tous deux passaient le temps à jouer à cache-cache. Entre-temps, la grande majorité des Castoriens et des loutres avaient rebroussé chemin. En sécurité, ils s'étaient réfugiés derrière les portes fermées à double tour sous la montagne. Danté avait ordonné que dès la tombée de la nuit, nul ne doive résider sous le ciel étoilé. Seuls Mazily et quelques volontaires prêts à défier l'autorité du village étaient restés en arrière en compagnie des voyageurs. Feragil était resté sceptique à l'idée d'avoir de nouveaux compagnons les accompagnant, de peur d'être ralenti. Il avait même spécifié qu'il ne voudrait pas être responsable de plus de cibles que nécessaire en cas d'embuscade.

Mazily se leva subitement, dénouant sa langue en criant. "Ça suffit…"

Prenant tout le monde par surprise, ils se tournèrent tous dans sa direction, silencieux, ne comprenant pas ce qu'il lui arrivait.

Partant en pleurs, elle répéta d'une voix étouffée par les sanglots. "Ça suffit… Mon garçon manque à l'appel et vous parlez de tout à l'exception de lui. On devrait être à sa recherche en ce moment même. Et est-ce que quelqu'un peut bien nous dire où se trouve Fléo Bleu? Ne devait-il pas être revenu au zénith?"

Tamira regarda la mère aux abois. Elle pouvait facilement palper l'agonie et le désarroi par lequel ses émotions devaient être après carburer. Elle-même s'était vue debout aux abords de la même falaise émotionnelle, regardant dans le néant de l'impuissance pour son frère.

Un vent de frissons lui remonta le long de l'échine pour freiner sa course aux cervicales, faisant sauter la jonction de sa mâchoire. Elle pouvait sentir tous ses poils se hérisser sur ses bras, imaginant ceux-ci avec une bouche ouverte, après crier à l'unisson.

Un halo bleu jaillit du néant pour former un portail ovale suffisamment grand pour permettre à une personne de traverser à la fois.

Tous comprenaient que Fléo Bleu avait finalement invoqué sa magie afin de les rejoindre et qu'il était sur le point d'apparaître d'un instant à l'autre.

Mazily sentait un vent de soulagement à la vue des visages spectres, une lueur d'espoir l'envahit, elle aurait voulu crier de joie. Elle chérissait enfin l'idée de pouvoir solliciter l'aide du nécromancien légendaire. De quelques gestes avec les mains, elle fit signe aux autres Castoriens d'aller annoncer la nouvelle du retour de Fléo Bleu à son village.

Tamira se demandait toujours pourquoi il avait eu besoin d'aller voir son père, un nouveau mystère qui devrait attendre. Elle n'en était pas à ses premières énigmes depuis le début de cette aventure et aurait mis sa chaire à brûler qu'elle en découvrirait encore davantage avec les lunes qui vont se succéder.

Fléo Bleu, qui sortit du portail, prit le temps de scruter les horizons avant de demander. "Où sommes-nous?"

Mazily s'imposa aussitôt. Elle ne donna aucune chance à ses camarades de répondre, se précipitant vers le nécromancien pour finir en se jetant à ses pieds en suppliant. "J'ai besoin de ton aide de toute urgence."

Le vieux Drumain abaissa le regard tout en tapant son bâton suivi de la formule magique afin d'éclairer la petite Castorienne. Voyant le visage ravagé par la fatigue et le chagrin, il demanda. "Relève-toi et dis-moi ce que je peux faire pour toi, ma chère Mazily?"

La femme et le vieillard commencèrent à échanger sur la situation, tandis que Tamira se mit à questionner Feragil en chuchotant. "Comment, il ne sait pas où il est? Ne contrôle-t-il pas ses déplacements? N'est-il pas un nécromancien de légende et d'exception?"

Le Mains-de-Fer lui répondit en gardant le timbre de sa voix le plus bas possible. "En fait, il ne choisit pas le lieu de ses apparitions, mais seulement la personne vers qui il cherche à ouvrir un portail qui détermine l'endroit où il apparaîtra. C'est l'esprit de l'individu décédé dans le futur qui lui permet d'ouvrir un passage dans l'espace du présent. Il est le seul à avoir eu cette capacité à ce jour sur toute Dritarinus. En tout cas, à notre connaissance." Voyant l'interrogation sur le visage de la Dragonnière, Feragil continua d'ajouter des détails. "Les autres nécromanciens utilisent généralement des pierres de sang ou leurs compagnons pour les voyages selon la race. Pour ceux qui voudraient utiliser ces reliques, ils devraient savoir qu'elles sont très rares et sont utilisées en groupe de deux. La première en ta possession et la seconde doit déjà se trouver là où le magicien désire se téléporter. Si j'ai bien compris la conception, elle exigerait pratiquement une demi-année pour être fabriquée et une très importante quantité d'énergie. Bon nombre d'ensorceleurs sont morts en tentant de les fabriquer, car ils avaient sous-estimé la somme d'énergie requise pour leur production. Elles ont été très recherchées durant les grandes guerres comme moyen d'infiltrer des magiciens derrière les lignes ennemies. Malgré leur rareté, beaucoup ont été détruites pour la même raison que leur utilisation."

Les questions commençaient à tourbillonner dans l'esprit de Tamira. Après quelques instants, elle prit la chance de demander. "Alors pourquoi ne nous ouvre-t-il pas un portail directement à côté de mon frère jumeau?"

Fléo Bleu, qui avait gardé une oreille attentive à leur conversation tout en écoutant le récit de Mazily, déclara. "Car certaines règles existent et régissent l'univers. À commencer par le nombre de personnes que je peux déplacer à la fois… Je ne peux pas voyager au-delà d'une certaine distance sans épuiser toute mon énergie. Plus l'éloignement est grand, plus le saut exige de ressources de mon être. Tu ne voudrais pas rester coincée dans le néant des esprits?" Fléo Bleu prit un instant pour laisser le temps d'avoir une réponse, même s'il n'envisageait aucun commentaire. "Je dois donc bien calculer et équilibrer ma vitalité lors d'un déplacement. Sinon, on pourrait demeurer coincés entre les deux paliers d'existence. Une mauvaise estimation de ma part et il y aurait de très fortes chances que mon corps se désintègre d'épuisement à la seconde même où je mets le pied dans la barrière. De plus, pour que l'entité du futur octroie le droit d'ouvrir un chemin, la personne doit être consciente de l'endroit où elle est au moment du saut, car si elle est inconsciente ou endormie, il se peut que son esprit ne puisse pas m'ouvrir un portail n'ayant pas connaissance de l'endroit où elle se trouve à l'époque où je me trouve. Il faut également que l'esprit accepte d'ouvrir un portail, ce qui n'est pas toujours le cas. Et pour finir, si le corps est déjà décédé, l'âme ne peut pas ouvrir le portail."

Mazily demanda. "Et pour Tident? Est-il encore vivant?"

Le nécromancien indiqua de lui fournir de l'espace en agitant doucement sa main. En silence, ses compagnons s'écartèrent jusqu'au moment où Fléo Bleu s'immobilisa complètement. Il souleva son bâton dans les airs, suivi d'une grande inspiration tout en fermant les paupières. Tous avaient les yeux rivés sur lui dans un mutisme total. D'un mouvement vif du bras, il enfonça le bout de son sceptre dans le sol, un grognement de gorge se fit entendre. Le grognement changea de plus en plus pour prendre une tonalité s'apparentant à un chant. Cela dura pour une courte période. Hochant la tête à l'occasion comme si un maringouin venait le déranger près de l'oreille. Une expression de douleur profonde se saisit de son visage. Crispant ses traits, révélant des rides de l'âge, très bien dissimulées sur son front.

Après un moment, Fléo Bleu s'arrêta pour déclarer de façon stoïque. "Il n'est pas mort, mais je n'arrive pas à le localiser."

Mazily n'eut qu'un soupir de soulagement, encore une fois sans être rassurée, et dite. "Nous devrions aller enquêter chez les nains. Nombreux sont ceux qui croient qu'ils sont responsables de toutes ces disparitions."

Tamira, inquiète, s'apprêta à questionner à son tour le nécromancien quand elle fut immobilisée par un cri strident. Jetant son regard au cœur des yeux sombres de la forêt de la Sépara pour y voir le reflet des flammes caressant les abords des arbres les plus proches. Laissant par le fait même ses pairs dans la pénombre la plus totale. Nul doute que la voix apeurée appartenait à Note qui accourait en sueur dans la végétation en direction du campement.

"Une bête…" Beugla-t-il de toutes ses fibres métalliques, le petit bijou en esquivant tous les obstacles sur le chemin du retour. "Note a failli servir de gueuleton à une gargantuesque bé-bête." Se hissant sur Tamira à une vitesse folle, comme si elle n'était rien de plus qu'un autre sentier en forêt pour lui. La petite créature alla se dissimuler directement sous la chevelure de sa maîtresse, la fourrure hérissée le long de son dos.

Noxys s'apprêtait à répliquer quand elle fut arrêtée sur son élan par Tamira qui la fusilla du regard en disant. "Non, Noxys! Que je ne t'y prenne pas!"

Sa dragonne affichait désormais une mimique d'innocence, elle fit mine de riposter, mais sa cavalière lui vola les mots de la bouche en la prenant de vitesse, en lâchant bêtement. "Non, je sais ce que tu allais dire et ce n'est pas le moment des plaisanteries."

Les guerriers du groupe, à l'affût, se relevèrent déjà sur leurs pieds, les armes déployées, prêts à combattre le moindre danger qui oserait montrer le bout du nez.

Fléo Bleu resta de glace et en ciblant Note, il arborait une expression des plus suspectes en lui demandant. "Qu'as-tu vu exactement? Très exactement..." L'idée même que Note soit effrayé par une créature quelconque lui semblait impossible. À la limite, inconcevable.

Note, scrutant Noxys du coin de l'œil d'un air suspect, ne répondit pas sur le coup. Ce qui obligea Feragil à réitérer la demande du nécromancien d'une voix ferme. "Note! Qu'as-tu vu?"

Saisi par le timbre de voix du vieux Mains-de-Fer, Note regarda autour pour découvrir que tous attendaient sa réponse. Il pouvait sentir l'impatience grandir chez ses camarades qui poireautaient pour une réponse de sa part. Il commença donc en disant. "Note a compris. Note était là dans les feuillages à chercher Nafrer. Note trouve Nafrer si drôle… Donc Note disait, il était là quand tout à coup, en relevant un bras de l'arbre, Note le vit. Ses deux gros yeux rouges de sang avec une lune de feu au centre après épié Note. Deux grandes sœurs blanches pendaient de sa gueule. Note le voit encore, il était prêt à se saisir de Note. Note pouvait sentir l'odeur du sang frais émaner de ses grosses pattes. Il en a fallu de peu. Si Note n'avait pas été aussi rapide… Note est très très agile aussi… Note demeure sûr que la grosse bête noire aurait fini par mettre la patte au collet de Note… et Note aurait noté la fin du bijou de luxe."

Mazily récupéra sa loutre et s'écarta du groupe pour se rapprocher de Tamira et demanda avec anxiété au petit renard. "As-tu vu Tident? Dis-moi que tu ne l'as pas vu, mon garçon…"

Aile-d'or mit une main rassurante sur la Castorienne et déclara d'une voix chaleureuse. "Je suis sûr que Tident va bien. Il est quelque part, c'est sûr, et nous le retrouverons certainement. Nous allons partir enquêter pour en avoir le cœur net."

Noxys s'apprêta à ouvrir la marche en disant. "Allons découvrir ce que notre fourchette sur deux pattes a bien pu croire qu'il a aperçu."

Feragil la regarda et répliqua. "Non, toi, tu vas rester ici avec les dames et Fléo Bleu. Restez sur vos gardes, prêtes à toute éventualité. On ne sait pas à quelle créature on a affaire." S'étirant, il ouvrit la main à proximité de Note et ordonna au petit être. "Et toi, tu viens avec nous."

Tamira, visiblement indignée et affectée par le traitement qu'elle avait subi à la Grottes-sans-Fond, ainsi que par l'attitude de certains habitants, ne pouvait plus contenir son mécontentement et dit avec hargne. "C'est ça! On ne me croit pas à la hauteur? On laisse les femmes avec le vieillard en arrière, là où il n'y a pas de danger. Comment pourrais-je faire mes preuves et devenir une véritable dragonnière quand on me rabat constamment sur la bûche à superviser un vieux débris et à nourrir un feu de bois aussi mort?" Elle pointa Fléo Bleu et rajouta. "Lui, à la limite je comprendrais… à l'allure qu'il a, on a vu des balles de foin moins secs que lui."

Feragil la regarda avec insistance et d'une voix autoritaire, répliqua. "Tu sembles oublier à qui tu parles, jeune fille. N'oublie jamais que j'ai combattu au côté de ta mère avec fierté, et elle fait partie des meilleurs combattants avec lesquels j'ai eu l'honneur de combattre. J'aurais remis mon destin entre ses mains et ma vie en gage sous la pointe de son épée à n'importe quel instant, sans la moindre hésitation."

Chapitre 2

Écho de Guerre

Aile-d'or ouvrait la marche en compagnie de son Griffon. Bino montait la garde en altitude afin de préserver un œil sur la périphérie, prêt à plonger au secours du déploiement au sol, dans l'éventualité que le besoin se faisait sentir. Feragil gardait une bonne distance en retrait, accompagné de Note sur les épaules. La formation était disposée de sorte à parer à toute complication. La rapidité formait la pointe, une puissance de frappe à l'arrière et une force en secours les surplombait le cas échéant.

La petite bête, bien perchée, était après manger quelques minéraux. Tamira ne l'avait pas nourri depuis leur rencontre et les articulations de Note commençaient à se fragiliser. Au moment de le mentionner précisément avant leur départ, Tamira avait répliqué ne pas avoir envisagé un instant que la protégée aurait un besoin de se nourrir… "Ce n'était qu'en fin de compte qu'une breloque… ou… un petit animal magique… ou… qui sait ce que c'était exactement..." Elle se questionnait juste avant que Noxys lui retourne la pensée qui la fit sourire. "Ce n'est pas un bijou ou une créature mystique... c'est plutôt un vrai morpion nuisible... une ouate nasale munie d'un clapet qui n'a pas de sourdine... Si jamais on croise une forge, je ne sais pas si on peut lui demander de le réhabiliter sans bouche... ou... que dirais-tu d'en former une pointe de flèche. Un coup tiré, ça ne revient pas."

Aile-d'or s'arrêta au moment de faire signe à Feragil de le rejoindre. L'air était anormalement humide avec une odeur de pain moisi. D'un geste délicat, Feragil empoigna le petit caillou du bout des doigts avant que Note puisse le mâchouiller.

Arrêté dans son élan, voyant la prise de son transporteur, il releva le regard et s'apprêtait à protester quand le Mains-de-Fer lui chuchota. "Silence. Ne sens-tu pas cette odeur? Nous ne sommes pas seuls et Aile-d'or semble avoir trouvé quelque chose." Puis il relâcha sa prise juste avant d'empoigner en silence ses deux haches attachées en croix sur son dos.

Note cligna des yeux et regarda tout autour. Ne voyant rien, il s'enfouit la pierre dans sa bajoue calmement en répondant la bouche pleine. "Note ne dira plus un mot. Promis."

Feragil lui lança un regard de mécontentement avant de continuer sa progression en silence.

Note le regarda, haussant les bras au même rythme que ses épaules en guise d'interrogation. Il ne savait pas ce qui lui valait ce mécontentement. Il avait pourtant promis de ne plus dire un mot. Ne voyant pas d'ample réaction de la part du Mains-de-Fer, la petite bête entreprit de mâchouiller aussi lentement et silencieusement que possible, si une telle chose était envisageable. Inéluctablement, après chaque tentative de rabattre la mâchoire, un bruit de pierre se fissurant entre ses dents s'ensuivait. Ne voyant aucune réaction de Feragil après quelques bouchées, Note se mit à mastiquer normalement. Pour la majorité des Drumains, ceci voudrait dire qu'il faisait plus de bruit qu'un troupeau de sangliers en fuite.

Feragil s'immobilisa soudainement. D'un mouvement sec, il suspendit sa main au-dessus de son épaule et infligea une royale pichenotte sur le minuscule crâne du petit renard. La tête de Note s'enfonça au creux de ses épaules à la même proportion que sa bouche s'ouvrit, faisant valser de facto le restant du repas encore dans la gueule de Note. Désemparé de voir les cailloux voltiger aux sols, il ne dit et ne fit plus un son. Le Mains-de-Fer, enfin soulagé d'avoir le silence, lâcha un soupir avant de reprendre la marche.

Aile-d'or s'était accroupi aux abords d'une crête, examinant du bout des doigts un liquide visqueux à l'aide de son sens du toucher et de son odorat, quand Feragil le rejoignit pour demander. "Qu'as-tu trouvé?"

Ne détournant pas le regard, il répondit. "Du feuillage. Il semble maculé de sang. À première vue, je dirais même qu'une bonne quantité non négligeable recouvre les environs comme si l'on avait fait éclater des boyaux. Cependant, il est dur d'observer où l'on va. Plus on avance, plus une brume épaisse obstrue la vision nocturne de mon Griffon. Et cette émanation... as-tu reniflé? Qu'en penses-tu?"

Feragil avait la nausée depuis quelques lieues déjà. Il n'avait très certainement pas la perception aussi développée que la monture de son camarade. Néanmoins, il ne manquait pas d'odorat. Le parfum infect l'avait empêché de sentir un quelconque arôme distinct à distance. Même le sang frais qui, d'ordinaire, fouettait les narines par sa fragrance unique, ne parvenait pas à transpercer le nuage nauséabond. Il s'avança en disant. "Ça ressemble à une tactique de guerre. Cette brume en pleine nuit... qui ne semble pas naturelle. Cet effluve empêcherait toutes les chances de suivre à la trace qui que ce soit... ou quoi que ce soit, en masquant leurs odeurs de la sorte. À moins... que ce soit un guet-apens, ayant pour seule fonction de nous dérouter."

Aile-d'or se releva. "Je crois que l'embuscade a déjà eu lieu. Je dirais même que nous ne semblons pas être la cible de ce piège. Et si tu arrives à voir, nous arrivons trop tard," dit-il, en pointant en direction du petit ruisseau au bas de la crête.

Feragil, qui n'y voyait toujours pratiquement rien, demanda. "Que pointes-tu?"

Aile-d'or répondit en même temps qu'il bondit en bas de la petite falaise. "On dirait de minuscules corps sur les bords de la rivière."

Feragil avait pratiquement oublié la présence du petit bracelet qui avait voyagé sur ses épaules. Note qui, jusqu'ici, avait gardé un silence surprenant, avait finalement déclaré. "Note reconnaît cette odeur. Note l'a déjà notée!"

Aussitôt, Feragil l'avait interrompu en répliquant. "Moi aussi… Ça sent très fort le pain moisi. Mais ce n'est pas le moment, Note. Transforme-toi en bijou pour l'instant avant de nous faire repérer."

Note avait sorti un manuscrit d'une autre dimension, cherchant où il avait noté cette émanation particulière. Voyant que de toute évidence on ne l'écouterait pas, il avait rabattu les plis du papier délicatement, avant de le renvoyer à l'endroit d'où il provenait, puis il était descendu prendre place au poignet du colosse. Il aurait voulu protester, cependant il connaissait trop bien son partenaire pour avoir voyagé avec les parents de Tamira et lui du temps des grandes guerres.

La brume commençait à se dissiper, exhibant la nudité de la lune et dévoilant ce qu'Aile-d'or redoutait. Trois petits corps inertes gisaient au sol, meurtris et ensanglantés. S'accroupissant près de l'un d'eux dans l'intention de l'examiner, après un moment, il révéla : "J'ai déjà vu le même type de blessures auparavant, à quelques occasions sur le champ de bataille. Certaines victimes présentaient les mêmes caractéristiques. Mais personne ne sait comment elles ont été infligées, et encore moins par qui. Cela était resté un mystère. Mais voir cela ici, loin des affrontements, m'intrigue encore davantage."

Feragil, qui pouvait désormais compter sur l'illumination de la nuit pour se mouvoir plus aisément à travers les fougères géantes et rejoindre les abords du ruisseau, s'approcha en demandant. "Que veux-tu dire?"

Note se transforma et répondit. "Note a une colonie de mots à vous présenter sur le sujet. Note a déjà tout noté."

Feragil grogna en disant. "Note, ce n'est pas le moment. Garde tes notes pour plus tard."

La petite créature soupira, suivit par sa patte qu'il passait dans le toupet tout en soufflant sur une mèche de poil rebelle. Hésitant à répliquer, il reprit sa forme statique au poignet.

"Les lésions infligées aux corps de cette famille de nains semblent très profondes. On ne le voit pas dans l'obscurité, cependant, si tu rapproches ton nez des plaies, tu percevras une odeur de brûlé. Sur les champs de bataille, les quelques dépouilles que nous avons récupérées de cette manière présentaient l'intérieur des blessures carbonisé," expliqua Aile-d'or.

Feragil songea un instant, leva les yeux, voyant Bino toujours dans les airs à surveiller en hauteur. Puis, tout bonnement, il avança une supposition. "Cela aurait bien pu être fait à l'aide d'une arme enflammée ou encore enchantée."

Aile-d'or se releva en précisant. "Une lame, d'emblée, aurait cautérisé la plaie au contact de la chair. Cependant, les traumatismes que j'ai vus continuaient à saigner abondamment. Comme si l'on avait simplement fait exploser le muscle. Personne à qui j'en ai parlé ne reconnaissait de telles blessures. Elles semblent s'infecter rapidement, même après la mort du sujet, elles poursuivent cette gangrène." Aile-d'or pointa les détails évidents de la scène en rajoutant. "Les adultes n'ont eu aucune chance, si l'on regarde la façon dont les corps sont disposés. La dépouille de la fillette un peu plus loin montre des marques de combat. Elle a cherché à se débattre. On peut donc présumer qu'ils ont voulu l'enlever vivante. Mais dans quel but? Leurs Ours Noirs ont tenté de s'interposer. De toute évidence, l'assaillant était plus fort, car ils y ont tous laissé la vie... l'attaque fut brutale et expéditive." Pointant un peu plus loin le long de la rive, trois autres masses poilues gisaient au sol, dont la plus grosse semblait avoir été démembrée. Aile-d'or n'avait pas fini de s'expliquer qu'il s'interrompit subitement. Feragil s'était lui aussi mis sur ses gardes, alerté par un petit bruit sourd d'un grognement à proximité.

D'un timbre sonore très faible, Aile-d'or reprit en douceur. "Je n'ai pas vu de piste pouvant appartenir aux assaillants. La seule exception semble être un quatrième sillon d'empreinte minuscule, elle semble avoir quitté le groupe et avoir déguerpi dans cette direction." Pointant avec l'une de ses longues dagues dans la même orientation d'où provenait le bruit qui les avait alertés. Aile-d'or fit signe à son Griffon de rester en retrait et dit à Feragil. "Il pourrait s'agir d'un témoin de la scène ou de l'agresseur. Reste sur tes gardes." D'un dernier geste, Aile-d'or indiqua son intention de contourner les lieux pour tenter de prendre à revers le secteur.

D'un mouvement du bras, Feragil envoya un message à Bino, pointant la direction dans laquelle il voulait qu'elle porte son attention depuis les airs. Avançant lentement, il s'était légèrement baissé sur son aplomb, une main à l'avant à peine plus haute que sa tête, la hache maintenue fermement prête à parer toute attaque. L'autre membre était resté modérément en retrait, derrière. Tournoyant systématiquement la seconde hache. Tel un vieux tic nerveux de guerrier, il guettait le moment fatidique de l'empoigner férocement et d'y insuffler toute la force possible afin d'administrer un coup fatal à quiconque oserait l'affronter sur son passage.

Aile-d'or avait déterminé la position exacte de l'origine du grognement, caché derrière un petit buisson. Il s'interrompit un instant pour faire signe au Mains-de-Fer de se préparer avant de foncer sous les branches les armes au poing. Ne sachant pas à quoi s'attendre, Feragil s'élança sans produire le moindre cri de guerre, ayant envisagé de surprendre l'inconnu en souricière.

Aile-d'or s'écria à la vue de son compagnon qui s'apprêtait à frapper en traversant à son tour. "Arrête-toi!"

Feragil suspendit son élan en voyant Aile-d'or accroupi. Il se retrouvait face à face avec un petit ourson noir qui cherchait à se faire menaçant. Le Mains-de-Fer prit quelques instants pour analyser la scène.

Note reprit forme avant de déclarer. "Note reconnaît la bête. C'est elle, la bête qui a tenté de faire de Note une passoire."

L'ours tourna la tête, le regard agressif, grogna après Note, les deux yeux rouges remplis de colère montrant ses dents.

Feragil fit un sourire en disant. "C'est ça, ta grosse bête?"

Note, offusqué, rétorqua. "Note sait qu'il n'était pas seul. Note a noté le pain moisi. Note comprend que Feragil devient vieux, il a peut-être perdu son odorat."

Feragil perdit son sourire et ne dit plus un mot, revoyant dans sa tête l'état des dépouilles plus haut, gisant dans une mare de sang, entouré d'un arôme funeste de pain moisi.

Aile-d'or pouvait percevoir un minuscule membre inerte qui dépassait des branches disposées au sol. Elle avait été dispersée par terre sous les pattes de l'animal. "Je vois une main… Il cherche à dissimuler et à protéger quelqu'un sous le feuillage."

Feragil se mit à genoux et tenta de rassurer le petit être en répétant. "On est là pour t'aider. On ne te veut aucun mal."

Note monta se cacher dans le cou du mastodonte. Il s'éloigna le plus possible, cherchant à conserver le maximum de distance entre lui et l'ourson.

Aile-d'or approcha prudemment les mains des branches, gardant un œil attentif sur l'ours qui le fixait du regard. L'animal semblait prêt à lui asséner un coup de patte aux griffes acérées. Avec toute la maladresse d'un guerrier, il tenta de rassurer à nouveau la petite bête en disant d'une voix calme. "Tu dois me laisser le voir si tu veux qu'on puisse lui venir en aide. Je présume que c'est ton compagnon, enseveli sous ce feuillage que tu protèges. Nous ne pourrons rien faire si tu ne me permets pas de lui porter secours."

L'expression endiablée de la bête laissa doucement place à un regard angoissé, au fur et à mesure qu'il s'éloignait des branches au sol. Délicatement, Aile-d'or retira le camouflage du petit être dissimulé, s'attendant au pire. L'ours se glissa entre les jambes de Feragil, cherchant à se faire rassurer davantage.

Aile-d'or annonça d'une voix ébranlée : "C'est un jeune Nain. Je dirais, pas plus vieux que neuf cycles saisonniers. Il respire à peine. Il a encore de la chance qu'on l'ait trouvé en vie, amoché comme il l'est. Nous devons vite le ramener aux Grottes-sans-Fond pour qu'on lui prodigue de vrais soins. Sans ça, je ne donne pas cher de sa peau." Sortant quelques bandages de lin de l'une de ses nombreuses minuscules bourses ficelées à sa ceinture, il reprit : "J'espère que ces pansements seront suffisants pour l'instant."

Au même moment, une puissante explosion se fit entendre. Le petit ours se pressa contre Feragil, tremblant de peur. Le Mains-de-Fer posa une main rassurante sur le dos de l'animal avant de regarder Aile-d'or et déclarer. "Je crois que ça venait du campement."

À l'abri de la forêt, la détonation se fit à peine ressentir au niveau du plancher des racines. Cependant, le sommet des arbres se mit à fléchir tel un roseau sous le vent, un vacarme de branches et de troncs craquant sous la tension retentit en écho de toute part. Accompagné d'une poussée de poussière provenant de la direction de la déflagration.

Aile-d'or fixa Feragil en répondant. "Nous ne pouvons quand même pas laisser ce petit mourir comme ça, ici."

Bino, qui avait plongé de justesse pour éviter d'être projetée par l'onde de choc, atterrit à côté de ses camarades en disant. "Vite. Danger pour famille au feu."

Feragil prit une petite sacoche tubulaire du dos de Bino avant de lui dire. "Je dois aider Aile-d'or ici. Va voir ce qui se passe et fais attention. Nous allons vous rejoindre aussitôt que nous aurons stabilisé ce petit."

Bino fit un signe d'approbation avant de disparaître dans les airs en direction du campement.

Chapitre 3

Deux sur Sept

Fléo Bleu regardait Tamira marcher de long en large de l'autre côté du bûcher; elle était suivie de près par la petite loutre qui semblait trouver cela amusant. De toute évidence, elle n'était pas chaude à l'idée de devoir rester sur place à attendre le retour d'Aile-d'or et Feragil. À en juger par l'expression faciale et le timbre de voix de son marmonnage, quiconque l'aurait croisée n'aurait très certainement pas osé lui adresser la parole.

L'instant d'une seconde, il eut l'impression de voir Shina à la place de sa fille, bien des années auparavant, dans une situation similaire. Cette fougue de l'aventure, ce désir ardent de faire ses preuves, elle n'avait donc pas sauté cette génération. Tamira avait hérité de tous les traits de sa mère. Il pouvait pratiquement palper son appétit de partir à leurs poursuites.

Mazily sentit son anxiété monter à la regarder faire la girouette et dit : "Tu pourrais t'asseoir, Tamira. Tu m'énerves à la fin à tourner autour du feu comme cela. Ça ne fait qu'une heure qu'ils sont partis. Qui sait, ils en ont peut-être encore pour un bon moment avant de revenir. Vas-tu labourer le plancher des vaches jusqu'à leur retour? L'on commence déjà à voir une tranchée dans la terre."

Tamira se retourna, son attention se posa sur Noxys. Elle avait trouvé le moyen de s'endormir. "Comment pouvait-elle roupiller, dès lors qu'on venait de les rabrouer au stade de gardienne d'enfants?" se demanda-t-elle, avant de continuer à voix haute : "Je ne peux pas croire qu'ils sont partis et nous laissent en arrière. Je dois aller voir." D'un mouvement déterminé, elle ramassa son casque qui était resté sur l'une des bûches disposées à titre de banc temporaire. Au moment de déguerpir en douce, elle entendit Fléo Bleu se mettre à marmonner quelque chose d'incompréhensible. Ce qui avait débuté par un léger chuchotement commençait à prendre une tournure autrement plus bruyante.

Noxys ouvrit les paupières, réveillée par l'agitation. Relevant la tête en direction du nécromancien, elle cherchait à comprendre ce qui pouvait bien lui arriver.

Tamira regarda le vieillard et demanda : "Qu'arrive-t-il à ce vieux fossile? Est-il en train de se battre avec son dentier?"

Personne ne répondit. Fléo Bleu semblait être tombé dans une transe, les yeux retournés à l'envers. Torturé par des voix avec lesquelles il discutait dans une langue inconnue. On pouvait apercevoir ses traits étirés, comme si une force invisible s'acharnait à le tourmenter. Un malaise s'installa chez les témoins de la scène.

Puis un autre vacarme attira l'attention de la loutre qui se dressa sur ses deux pattes arrière, regardant désormais dans la direction opposée. Noxys tourna à son tour la tête pour regarder dans la même direction que le compagnon de Mazily et demanda : "Sentez-vous cette puanteur? On dirait que ça provient de cette direction." Finit-elle en pointant au loin.

Mazily fut la première à répondre : "On dirait une odeur de plus en plus forte de pain moisi."

Tamira sortit un mouchoir en tissu de l'une de ses poches avant de le mettre sur son visage en acquiesçant. "Quelle senteur infecte!"

Noxys bondit sur ses pattes en déclarant : "Je perçois de petites formes au loin qui jaillissent des boisés en courant. Soyez sur vos gardes."

Des lamentations de panique encore lointaines commencèrent à leur parvenir.

Tamira enfila son casque et tira de l'oubli son épée du fourreau en criant : "Aie-le Fléo, il serait peut-être temps pour toi de revenir parmi nous, on a de la compagnie."

Mazily, qui ne possédait rien d'une guerrière, ramassa sa loutre et empoigna tout de même la petite dague à sa ceinture.

Noxys s'était relevée sur ses quatre pattes. Elle secouait ses ailes tout en stimulant son acide inflammable, prête à cracher du feu si le besoin se faisait sentir.

Au loin, on pouvait désormais distinguer une sorte de brume épaisse qui semblait pourchasser les êtres en fuite. Les cris de peur et d'agonie devenaient de plus en plus perceptibles. Tamira tourna la tête. Elle vit Fléo Bleu toujours plongé dans sa transe et se demanda : "Va-t-il finir par sortir de ses convulsions spirituelles à un moment donné?" Puis elle porta son attention sur la Castorienne. Mazily, avec sa loutre perchée sur la chevelure, une dague en évidence scintillait au clair de lune dans sa main. Tamira pouvait sentir la peur de ses petits camarades à travers cette odeur de pain moisi qui était devenue désormais intolérable. "Saurait-elle être apte à se défendre avec cette minuscule lame, qui semblait bonne qu'à équeuter des pommes? Advenant le cas, arriverait-elle à faire un choix de protéger le nécromancien parti à la dérive ou la villageoise des Grottes-sans-Fond?" Les questions envahissaient son esprit.

Tamira finit par se demander : "Mais où se trouvent Feragil et Aile-d'or?" Hésitant un bref instant, elle se retourna, empoigna Mazily sous les bras pour la soulever de terre. La Castorienne, prise par surprise, vit le sol se dérober sous ses pieds quand elle entendit Tamira appeler sa dragonne et dire : "Noxys, embarque Mazily sur ton dos et va la porter en sécurité à l'entrée des Grottes-sans-Fond. De cette façon, nous n'aurons qu'à garder un œil sur Fléo Bleu le temps qu'il reprenne ses esprits."

Mazily tenta de protester en déclarant : "Ce sont des nains. Ils semblent pourchassés, il faut les aider."

Cependant, Tamira ne voulait pas l'écouter. Elle pouvait désormais distinguer les individus en fuite. De toute évidence, ils cherchaient à échapper à un assaillant. Certains cavalaient à dos d'ours, tandis que les autres, moins fortunés, fuyaient à l'aide de leurs petites jambes que la nature leur avait fournies. Toutefois, la menace n'était toujours pas visible, qui ou quoi les traquaient demeurait une énigme. Hormis cette brume épaisse qui les talonnait, l'agresseur restait camouflé, tapi dans l'ombre. À l'occasion, on pouvait voir l'un d'eux tomber comme une pierre, fauché sur le vif par l'arrière, puis entraîné sous le nuage sinistre.

Tamira mit Mazily sur le dos de sa dragonne qui avait fait demi-tour. Au moment de partir en vol, Fléo Bleu sortit de sa transe et dit : "Ne bougez surtout pas!"

Le nécromancien formula une incantation puis une énorme bulle noire se forma instantanément autour du groupe à l'exception du vieux magicien qui cria : "Restez là! Quant à toi, Tamira, tu n'es pas tout à fait prête pour ce type de combat. Mais ça viendra." Avec un petit sourire en coin, Fléo Bleu pensa : "Comme si vous aviez le moindre choix… de toute façon… Vous allez voir de quoi ce vieux fossile est capable. Vous allez comprendre qu'il a encore de bons restes dans cette carcasse."

Noxys se demanda : "Pourquoi a-t-il érigé cette protection? À quel danger sommes-nous confrontées? Sait-il quelque chose que nous ignorons? À moins… qu'on ne l'ait informé… mais comment? À qui ou à quoi avait-il parlé juste avant l'attaque?" Septique, la dragonne épiait chacun de ses moindres mouvements.

En prononçant une troisième incantation, il se mit à courir en direction du carnage qui venait à leur rencontre. Tout homme sensé serait parti dans la direction inverse. Une lueur bleue formant un orbe au bout de son bâton apparut. Elle commença à prendre de l'expansion de plus en plus, jusqu'à avoir la dimension d'un melon. Le nécromancien s'arrêta dans sa course et la sphère resta suspendue en place. D'un mouvement de rotation sur lui-même, Fléo Bleu s'élança de toutes ses forces comme s'il s'apprêtait à frapper une balle. Tapant l'orbe bleu qui se fit propulser, telle une météorite. Dépassant les nains qui n'étaient désormais qu'à quelques lieues de leur campement. Le globe lumineux éclaira tout sur son passage, révélant des ombres noires, telles des spectres, qui s'attaquaient aux victimes en cavale. La sphère magique continua jusqu'à disparaître dans la brume, avant d'atteindre une cible de plein fouet. Elle produisit une détonation redoutable avec une onde de choc colossale bleue électrique qui se dispersa aux quatre vents.

Tamira était, elle aussi, bleue, bleue de colère. La voilà systématiquement mise à l'écart derrière une barrière de protection invisible. "Pourquoi disait-il qu'elle n'était pas encore prête? Il ne la connaissait même pas." Se demanda-t-elle avant de crier : "Laisse-moi sortir d'ici, espèce de vieux… sac à puces!"

Fléo Bleu répliqua : "Je ne peux pas prendre cette chance. Ton armure n'est toujours pas réveillée."

Tamira ne comprenait pas à quoi il semblait faire référence. Elle n'avait que faire de son opinion. Elle observait les attaquants qui approchaient, telle une horde fauchant un nain après l'autre. Elle voulait faire partie de l'action, elle se pensait prête. "Ils sont trop nombreux pour un vieux bâton sec, tu n'y arriveras pas tout seul. Tu n'as aucune chance!" Voyant qu'il ne réagissait pas devant ses plaidoyers, elle se mit à lui chanter une poignée de bêtises.

Le nécromancien la regarda et lui fit un sourire diabolique, avant de répliquer : "Ne sous-estime jamais... ô grand jamais une personne, Tamira! Qui t'a dit que je suis seul?" Puis se retournant, il cria, à s'en vider tout l'air de ses poumons, avec une ultime incantation : "Drag-o-main-ta-Morti, l'union du passé, l'union du futur. En ce présent."

La chair de son visage se déchira, donnant l'aspect d'une terre aride. On pouvait voir traverser une lueur bleue électrique par chacune des craquelures qui s'étaient formées. Tombant à genoux, à l'aide de ses deux mains, il s'agrippait de toutes ses forces à son bâton, cherchant à ne pas s'écrouler au sol. Les manches de son manteau se rabattirent au niveau de ses coudes, révélant des veines bleues éclairées telles des néons, en pleine nuit, sur tout son corps.

Dans un dernier hurlement de douleur, on observa tous le long de son dos la chair se déchiqueter, telle une vieille feuille flétrie. Un vacarme osseux qu'on associerait à des os fracturés à coup de masse résonna en écho.

Le visage agonisant du nécromancien poussa Mazily à détourner les yeux. Elle n'arrivait plus à regarder la scène d'horreur.

Tranquillement, la colonne vertébrale s'extirpa de sa cage thoracique avec un bruit de dislocation et de craquement. Suspendue dans les airs, l'ossature se tirailla comme si une force maléfique était en train de dépecer le bassin en remontant, jusqu'à ce qu'il ne reste plus une seule vertèbre dans le corps. Une tête de dragon commença à prendre forme à l'endroit où le crâne du nécromancien était rattaché auparavant. Des lambeaux de chair et de muscle pendouillaient dans le vide de chaque os. Fléo Bleu, les yeux retournés à l'envers, poussa un dernier soupir comme si la dernière parcelle de vie le quittait. "Dépêche-toi!"

De la gueule du dragon retentit un cri strident, suivi par les ossements qui entreprirent une déformation rapide, entraînant une agitation visqueuse jusqu'à former un squelette de dragon tout droit sorti des cauchemars. Dans une dernière explosion d'énergie, des ailes jaillirent à la base du cou, s'étirant de tout son long. La forme squelettique enveloppée d'une énergie bleutée devait faire deux fois la taille de Bino, tellement elle avait pris de l'ampleur.

Horrifiée et éblouie par le spectacle, Tamira n'arriva pas à détourner le regard. "D'où pouvaient bien provenir un tel pouvoir et une telle bête?" se demanda-t-elle.

Le dragon se mit à battre des ailes, laissant Fléo Bleu en plan. Celui-ci s'effondra comme un vieux sac mortuaire fait de chair et d'os. Les côtes, détachées, s'entrechoquèrent sous l'impact. Noxys, qui regardait la scène, se demanda à la vue du corps meurtri qui s'affala inerte de tout son long, le visage percutant le sol dans un dernier vacarme morbide, si le magicien allait survivre. Venait-il de se sacrifier en utilisant un ultime sort qui ne pardonne pas pour sauver leur vie?

Mazily, qui était descendue du dos de la dragonne, voyant le corps sombrer tel un cadavre du coin de l'œil, se précipita à la frontière du possible. Elle se mit à piocher sur la paroi protectrice du bouclier d'énergie à s'en faire des ecchymoses aux jointures, en criant : "Fléo Bleu! Fléo Bleu! Réponds-moi..." Des larmes de chagrin coulaient sur ses joues, craignant que le nécromancien se soit sacrifié pour les préserver. N'apercevant pas de réaction, Mazily détourna à nouveau le regard afin de dissimuler son visage entre ses mains.

Le dragon s'éleva au-dessus de la mêlée. Insufflant l'énergie du temps dans son poitrail, gonflant sa cage thoracique au summum de sa capacité. Juste avant d'exploser, il ouvrit la gueule, relâchant un torrent d'éclairs. Frappant de plein fouet dans son sillage les formes noires qui ressemblaient à des ombres sans corps. Connaissait-il leurs vraies natures, avaient-ils seulement une âme? Seules leurs griffes métalliques, émergeant tels des doigts, semblaient réellement résider dans ce plan d'existence. Ce qui aurait tôt fait de décimer une grande partie d'un escadron, parut n'avoir eu que peu d'effet sur ces êtres qui se manifestaient en si grand nombre.

Désormais, les silhouettes ne pourchassaient plus les nains, mais semblaient converger les unes vers les autres afin de constituer une seule masse monstrueuse. Voyaient-ils une menace en ce nouvel adversaire, malgré l'attaque qui n'avait pas semblé infliger autant de dégâts qu'on aurait pu le souhaiter? La forme n'attendit pas plus longtemps et fonça droit sur le dragon.

Esquivant une première attaque, le dragon se mit à projeter des boules d'énergie à répétition. Une partie des ténèbres se dissipa à chaque impact pour se reformer à peine quelques instants après.

Tamira remarqua que malgré le tour de force spectaculaire du nécromancien, le dragon ne semblait pas affaiblir l'assaillant. Les ombres qui continuaient à affluer pour s'unifier paraissaient le régénérer du même coup. Que pouvait-elle faire? Prise au piège derrière cette barrière, elle ne voyait qu'un dénouement macabre. Le nécromancien était toujours inerte au sol. Tamira ne savait pas dans quel état il pouvait se trouver. La masse s'approchait dangereusement malgré un feu soutenu du dragon. Elle était coincée dans cette protection qui pourrait bientôt devenir sa prison si elle ne trouvait pas moyen de venir en aide à ce vieux fou. Personne n'arriverait à les voir de l'extérieur et ils seraient perdus, à tout jamais.

Certains nains avaient fini par les rejoindre à la lisière du campement. Le nombre avait grandement diminué depuis leurs apparitions aux abords de la forêt. Combien avaient survécu à l'assaut était difficile à dire, tellement leurs déplacements paraissaient chaotiques. Combien parmi eux avaient succombé en cherchant une issue pour échapper à un destin funeste, cela semblait encore plus ardu à déceler dans les circonstances.

Mazily criait à tue-tête. "Allez vite vous réfugier aux Grottes-sans-Fond!" Cela s'avérait futile, car pas un son ni un mouvement d'air ne pouvait franchir cette barrière. Seul le magicien qui concevait cette protection arrivait à entendre le moindre bruit en provenance de l'intérieur. Invisible de l'extérieur, certains nains se fracassaient contre la cloison en passant, sans comprendre ce qu'ils venaient de heurter. Contournant la paroi dissimulée à l'aide de leurs mains le plus rapidement possible, avant de repartir à la course dès qu'ils s'en étaient écartés.

La créature de l'ombre se désintéressa du dragon, détournant son attention pour se diriger dans la direction du corps inanimé du magicien. Cela obligea le dragon à se poser entre Fléo Bleu et l'entité, devenant le seul rempart pour protéger les restes de son invocateur.

Tamira tambourina à son tour sur la cloison, désemparée, criant le nom du vieux nécromancien.

Noxys dévisagea sa camarade en lâchant. "Je ne crois pas qu'il soit nécessaire de te rappeler à quel point cela s'avère inutile. La seule chose que tu risquerais d'accomplir, c'est de te mettre bêtement hors combat."

Tamira s'arrêta pour regarder Noxys et trancha d'une voix contrariée. "Je sais, mais je me devais de tenter quelque chose. Peu m'importe ce que c'est. Je ne veux pas que cette protection devienne ma prison. Je… je…" Et avec un grognement de rage. "ARGG !" Elle referma les poings à s'en couper la circulation dans les jointures, juste avant d'asséner un dernier coup de pied renversé sur la surface invisible.

Tamira se figea en entendant Mazily crier. "Non! Moi non plus je ne resterai pas les bras croisés. Nous devons nous évader d'ici." Tournant la tête pile au bon moment pour découvrir la petite Castorienne s'élancer entre ses deux acolytes dans une course effrénée. Se propulsant de toute sa force, tête baissée, l'épaule retroussée, pour finir sa course en beauté, directement dans le mur. Un terrible craquement devança de peu un hurlement effroyable de douleur. Mazily retomba au sol, empoignant sa clavicule, le visage pâle comme un tapis de neige.

La dragonnière avait suivi le regard de Mazily et eut pour réflexion. "Ouw ! Elle a frappé fort. C'est surprenant provenant d'un si petit coffrage. Je n'ai pas aimé la réverbération que ça a faite."

Noxys suspendit les pattes avant en l'air, déconcertée, roulant les yeux en marmonnant. "Décidément! Ça devait arriver. C'était écrit dans les lagunes des légendes."

Sa loutre se précipita en demandant. "Mais qu'as-tu fait? Tout cela n'aura compté que pour des prunes!" Le petit nez de l'animal se retroussa de tristesse en voyant sa partenaire de vie en larmoiement.

Tamira lui porta secours en s'agenouillant à ses côtés. Elle répéta à voix haute tout en inspectant son amie. "Je n'ai définitivement pas aimé le son que cela a fait. J'ai bien l'impression que tu t'es probablement brisé ou fracturé quelque chose."

La brume avait rejoint la sphère de protection tel un petit nuage sournois, serpentant le sol, sans toutefois parvenir à y pénétrer, elle couvrait la surface autour.

"Comment faire tenir ceci? Mazily, tu peux me passer ton minuscule canif?" demanda Tamira. Elle cherchait un moyen temporaire de stabiliser le bras de la Castorienne à l'aide d'un bandage. "Je n'aurais pas cru dire cela un jour, mais il semble que ce petit bout de métal puisse enfin être utile," poursuivit-elle avec un sourire moqueur.

Noxys s'agitait et commençait à maltraiter la paroi à son tour, en criant de plus en plus fort. "Non, non, non! Ça ne peut pas se passer comme ça. Je suis sûr que tu peux nous entendre… Arrête de faire ton histrion. Relève-toi immédiatement! Tu es aussi utile qu'une bouse en plein milieu d'une route, comme ça… SORS-NOUS D'ICI!"

Tamira demanda à sa dragonne, sans détourner le regard. "De quoi parles-tu? Que t'arrive-t-il? N'avais-tu pas dit que c'était futile de s'attaquer à la barrière? Et c'est là qu'on t'y prend."

Noxys répondit d'un ton inquiet. "Non... je ne m'en prends pas au bouclier... C'est Fléo Bleu... Ou du moins son dragon... Il semble perdre le combat. C'est horrible! Comment va-t-on s'en sortir?"

Tamira tourna la tête pour voir l'affrontement qui se déroulait derrière elle. La forme noire maintenait désormais le dragon en position de soumission. Chaque bras squelettique se battait dans un véritable bras de fer, avec plusieurs excroissances donnant l'apparence de gigantesques bras sortant de l'attaquant. La queue du dragon se souleva pour fouetter l'adversaire latéralement. Elle traversa la masse, sans jamais toucher cette ombre dans la nuit. La situation semblait désespérée. Chaque coup passait dans le vide, seuls les éclairs semblaient affecter brièvement l'ombre.

Fléo Bleu n'avait toujours pas donné signe de vie et s'il n'était pas mort, il risquait de l'être sous peu. Pour les camarades sous le dôme, les chances d'un dénouement favorable semblaient peu probables et s'amenuisaient avec le temps. À moins d'un miracle, les restes du nécromancien risquaient fort bien de ne plus jamais se relever.

Une gigantesque tête surgit entre les épaules de l'ombre, crachant un nuage de fumée avec un rugissement ressemblant à des milliers d'âmes à l'agonie. Le dragon l'éclata aussitôt avec ses deux ailes, comme s'il cherchait à écraser une mouche en plein vol. Dans un gargantuesque fracas d'énergie et de claquement osseux, l'expansion se dissipa comme une brume soufflée par le vent, avant de reprendre forme. La mâchoire désormais grande ouverte, exhibant une rangée de crocs argentés semblables à ceux de ses griffes. D'un mouvement vif, à la façon d'un serpent, il saisit sa proie à la gorge. Refermant sa poigne sur les vertèbres du cou du dragon, il l'immobilisait davantage, empêchant toute nouvelle tentative de cracher des éclairs.

"D'où pouvait bien sortir cette créature apocalyptique?" se demanda Tamira juste avant d'entendre Noxys s'écrier à nouveau.

"Regardez! C'est Bino qui arrive." La dragonne sentit un nouvel élan d'espoir en pointant une silhouette grossissant dans le halo de la lune.

La gou-aillée plongea telle une roche en chute libre, freinant sa descente à la dernière seconde. Elle atterrit non loin derrière la forme sombre, provoquant une onde de choc bruyante. Leur camarade était certainement très redoutable, mais avait-elle les capacités suffisantes pour faire face à un adversaire de cette envergure? Même une créature magique faite d'énergie nécromancienne n'arrivait pas à le dominer!

La créature relâcha sa prise sur le cou du dragon, qui semblait presque épuisé de toute force pour lutter. Le monstre jeta un regard en arrière avant de reporter son attention sur le dragon pour lui asséner un puissant coup de pied directement sur le plastron, l'envoyant valser dans les arbres non loin.

La créature tourna son intérêt vers le nouvel arrivant, Bino. Bino bomba le torse et frappa à plusieurs reprises sur sa poitrine en signe de défi, une vapeur blanche s'échappant de ses narines. Sans plus attendre, elle se lança avec ferveur dans la direction de l'assaillant, imitée par le spectre qui fonça également en direction de Bino. Lorsqu'elles furent à proximité, la gou-aillée bondit dans les airs pour asséner un coup puissant au visage de son adversaire. Malgré sa petite taille, un tel coup aurait sûrement déstabilisé, voire arraché la mâchoire d'un adversaire normalement constitué de chair et d'os.

Les camarades, protégés par leurs sarcophages de protection, virent leurs espoirs s'évaporer à la vue d'une tentative qui passa dans l'ombre, à l'image d'une pierre lâchée dans un verre d'eau.

Bino atterrit sur le sol derrière la silhouette, sans toucher le personnage.

La forme fit volte-face. Sans attendre, elle percuta de plein fouet Bino à l'estomac. Le souffle coupé, elle partit à son tour valser dans la forêt, arrachant quelques troncs au passage.

Frustrée, Bino se releva rapidement, secouant la poussière de ses épaules et de ses cuisses. Elle arracha un arbre de chaque côté avec une main. D'un grondement, elle grogna, "Bino pas contente." Puis, avec une force colossale, elle lança chaque tronc comme si c'était une lance. Cependant, les projectiles traversèrent la masse mystique de la créature sans la ralentir, pour s'empaler dans le sol de l'autre versant.

D'un grognement féroce, Bino rugit, faisant fuir toute vie à mille lieues à la ronde. Se nettoyant les mains, elle dit, "Bino n'aime pas." Son regard prit un accent encore plus menaçant avant qu'elle ne frappe des deux poings sur le sol. La secousse cingla l'air environnant, tel un fouet qu'on aurait claqué en écho. La brume se mit à vaciller, comme si elle ressentait une certaine hésitation. La forme fonça sur elle, ramassant au passage d'autres ombres dispersées dans le brouillard. Les griffes redoublèrent de taille à la même vitesse que la masse menaçante grossissait. La créature lança une offensive qui aurait dangereusement blessé Bino si ce n'était pas pour la prothèse métallique à son bras qui para l'attaque au dernier moment. Malgré sa peau très robuste, rien n'aurait garanti qu'elle aurait résisté face à cette créature funeste. Le deuxième assaut ne tarda pas.

Un autre tentacule jaillit de la créature et saisit le bras de Bino, l'empêchant de se défendre à l'aide de sa prothèse. Un troisième membre apparut rapidement et descendit vers Bino, tentant de s'emparer de sa tête. La gou-aillée, instinctivement, empoigna l'une des griffes de cette main. La forme s'étira pour exercer une plus grande pression sur Bino, mais malgré cela, la gou-aillée parvint à maintenir sa prise.

Voyant qu'elle n'avait pas assez de puissance, la créature rugit encore plus fort, appelant les quelques ombres restantes à proximité afin qu'elles viennent la rejoindre et lui donner leurs énergies. À chaque assimilation, un quatrième bras se mit à prendre forme.

Bino surveilla l'excroissance s'accroître, le temps semblait avoir ralenti sa progression. Les serres qui s'agrippaient à son bras commençaient à perforer sa chair. Une sensation de brûlure intense s'ensuivit, elle pouvait sentir la force dans ses bras progressivement l'abandonner. L'inquiétude commença à se lire sur son visage. Son cœur se mit à battre la chamade; si elle ne trouvait pas rapidement une solution, elle ne donnait pas cher de sa peau. Elle ne voyait aucun moyen de bloquer une quatrième patte de la percuter de plein fouet.

De toutes ses forces, elle tenta de renverser la pression sur les seules parties saisissables de la créature. Raffermissant sa prise sur les griffes, serrant les dents et les fesses avec toute sa détermination, accompagnée d'un grognement, elle poussa sur ses jambes et ses bras. Refoulant momentanément l'assaillant avant de sentir l'ombre reprendre l'avantage. En sueur, Bino tomba à genoux, sur le point de flancher.

Le quatrième membre du monstre était maintenant complètement formé et sur le point de frapper. Tous les camarades, redoutant le pire, retenaient leur souffle. Un hurlement caverneux retentit, ressemblant à l'intonation du vieux nécromancien, qui se fit entendre. "Tu vas me le payer!"

La créature haleta, tout en détournant la forme qui lui servait de tête pour regarder le dragon qui était de retour sur ses talons. Fléo Bleu était toujours au même endroit, ne montrant toujours aucun signe de vie. La voix sortait de la gueule du reptile cadavérique qui s'élançait vers l'arrière sur ses deux jambes, battant ses ailes de toutes ses forces en redescendant sur ses quatre pattes.

Le vent généré par ses ailes dissipait pratiquement toute la brume au sol. Il cracha un flot d'énergie électrique sur la créature, arrachant des morceaux de son enveloppe à chaque impact. Au même rythme que la brume s'évanouissait, les ombres semblaient perdre en force.

La masse relâcha Bino pour lui tourner le dos, prête à confronter à nouveau le dragon.

Bino tomba à genoux, portant sa main ensanglantée sur les plaies de son bras perforé et endolori par les griffes qui l'avaient immobilisée. Reprenant son souffle pendant un instant, elle releva la tête avec un regard de défi enragé, puis dit d'une voix menaçante : "Bino n'est pas finie. On ne tourne pas le dos à Bino." Déterminée à en finir, elle ferma les yeux pour se concentrer, vidant son esprit. Puis, elle frappa le sol de son poing équipé de la prothèse. Un grognement suivit, ressemblant à une explosion volcanique. La Gou-aillée venait de faire appel aux esprits mythiques des montagnes. Un spectacle que peu de monde avait eu la chance d'apercevoir au cours de leur vie. Et encore plus rares étaient ceux qui étaient toujours de ce monde pour en témoigner. Une forme d'ours plus noire que le charbon apparut derrière elle, les yeux orange rayonnaient sur l'animal qui était deux fois plus imposant que l'ombre. Bino s'écria : "Le roi des montagnes de l'ouest, à moi ta force."

Mazily regarda la scène et dit : "Quelle chance de voir ce spectacle! Nous allons peut-être apercevoir les sept esprits des montagnes."

Tamira la dévisagea et envoya en pensée à Noxys : "Sept esprits des montagnes? Comment peut-elle savoir qu'il y en a autant, alors que moi-même je ne savais pas combien il pouvait y en avoir?"

Noxys ne répondit pas, absorbée par le spectacle qui s'offrait devant eux.

Bino se releva en criant : "Bino demande, toi esprit des montagnes des cieux, donne à Bino souffle." Un aigle aussi imposant qu'un nuage, de teinte grise comme la cendre, muni d'une queue rouge ressemblant à de la lave, émergea du néant au-dessus d'elle. Bino aurait bien voulu invoquer les cinq autres entités des montagnes, mais n'en avait plus la force. L'ours se précipita sur la masse avec la même énergie qu'une bête enragée, frappant de sa patte et dominant les airs comme un moulinet à viande. Bino avait compris que le phénomène tirait sa puissance du nombre d'ombres qui s'étaient rassemblées en une seule, ainsi que du brouillard mystique qui les enveloppait. Sans besoin de parler, la créature se mit à battre des ailes, comme si elle percevait la volonté de la gouaillée, forçant la brume à se dissiper.

Voyant qu'elle n'était plus à la hauteur, la masse noire se divisa avant de retomber au sol les unes après les autres sous leurs formes d'origine, puis elle battit en retraite à travers les fourrés d'où elle était apparue.

La crise semblait passée, du moins pour l'instant.

Fléo Bleu, reprenant lentement conscience, vidé de ses forces, sentait encore le bâton dans le creux de sa paume. À chaque respiration, les brindilles de gazon lui chatouillaient le visage, lui rappelant qu'il gisait forcément face contre terre et la douleur de sa mâchoire lui expliqua avant même d'avoir ouvert les yeux que la chute avait dû être très brutale. Il connaissait les risques d'invoquer le dragon de cette manière, cependant, tout son corps semblait lui indiquer à quel point il commençait à être trop vieux pour de telles prouesses. La simple action d'agrandir les yeux lui demandait un effort immense. Parviendrait-il à se relever? Les paupières se refermaient aussitôt qu'il levait un sourcil, lui offrant à peine un aperçu lointain de Bino. Elle semblait blessée. Il pouvait entendre les crépitements du feu bleu courant le long des os de son dragon. Ce son lui indiquait que sa créature devait se rapprocher de sa position. S'il pouvait seulement trouver la force d'ouvrir la bouche et de faire sortir le moindre son, il pourrait solliciter son invocation pour annuler le bouclier, car il ne ressentait plus la capacité de commander le plus insignifiant des pouvoirs magiques.

Chapitre 4

Entre la Vie et la Mort

"On doit s'activer, Aile-d'or! Je ne crois pas que le petit va survivre encore bien longtemps dans ces conditions." Annonça Feragil.

"Oui, je fais aussi vite que possible. Je m'assure que les attelles sur le dos de mon Griffon vont supporter la charge des deux marmiteux. On ne voudrait pas en perdre un en plein vol. Ma monture devra les emporter seule et nous devrons effectuer le reste à pied pour qu'il puisse s'y rendre sans délai." Répondit Aile-d'or, en rajoutant une sangle de cuir supplémentaire autour des civières de fortune, faites de branches mortes qu'ils avaient recueillies à proximité.

Le Griffon ouvrit les ailes. Agitant celles-ci afin de s'assurer que rien n'encombrerait le battement ou ne tomberait en chemin. Avec un léger cri, il fit signe que tout lui semblait adéquatement noué.

Aile-d'or pivota face au Mains-de-Fer et dit. "Passe-moi le petit. Tu vas pouvoir installer l'ourson de l'autre côté."

Délicatement, Feragil laissa glisser l'enfant dans les bras de son camarade qui s'empressa de l'atteler sous l'aile de son griffon. D'un ton réconfortant, il chuchota. "Tiens bon, encore quelque temps, mon garçon, les Castoriens vont prendre soin de toi." N'attendant pas de réponse, il recouvra le petit corps d'une de ses couvertures de voyage, agissant le plus méticuleusement possible afin de ne pas déplacer les bandages qui protégeaient les lacérations. Tout en se disant combien il semblait minuscule et fragile.

Feragil venait de finir de ligoter le petit ours, quand Note s'exclama. "Note doit vous parler de ce qui arrive."

Mais le colosse le coupa sur le vif en répliquant. "Nous n'avons pas le temps... Tu dois accompagner le Griffon et expliquer aux Castoriens de prendre soin d'eux pour moi. Tu reviendras nous rejoindre au campement aussitôt que vous aurez fini. Nous... On va se rendre au point de rendez-vous pour s'assurer que tout va bien."

Note chercha à protester, quand Aile-d'or reprit en disant.
"Allez vite, monte Note, le souffle du jeune commence à ralentir. Il
ne lui en reste pas pour longtemps. Si l'on ne peut pas lui apporter
les soins rapidement, il va succomber à ses blessures."

Note n'eut d'autre choix que de se résigner à nouveau et de
se taire. Il se transforma en bijou au bras du gamin en silence.

D'une claque sur la cuisse arrière de l'animal, jointe d'une
commande, Aile-d'or s'écria : "Allez! Griff, vite aux Grottes-sans-
Fond."

Le Griffon ouvrit ses ailes de toute leur longueur et d'un
seul élan, il prit son envol sans demander son reste.

Un rugissement se fit retentir au loin.

Aile-d'or se releva au même moment que Feragil et
interrogea : "As-tu entendu ça? Qu'est-ce que c'est à ton avis?"

Feragil, affichant un regard préoccupé, répliqua : "C'est
Bino. On aurait dit qu'elle faisait appel à l'esprit de la Montagne.
Elle doit être face à un grave péril pour devoir invoquer une telle

force. Dépêche-toi de ramasser tes affaires, nous devons les rejoindre, pronto."

Aile-d'or lui fit signe de la tête, tout en récupérant les choses principales qu'il avait déposées par terre le temps de venir en aide au nain. Puis, il finit par attraper l'une des deux torches plantées dans le sol et spécifia : "J'ai tout ce qu'il faut. On y va?"

Feragil ne prit pas le temps de répondre, il se contenta simplement de croiser le regard d'Aile-d'or en partant à la course. Ramassant au passage la seconde torche plantée au sol, il pointa la direction avant de s'enfoncer dans la forêt, suivi de près par son compagnon.

Ouvrant le chemin le plus rapidement possible, Feragil se questionna : "Qu'est-il advenu de ces nains? Pourquoi Bino était-elle après faire appel aux esprits? Allaient-ils arriver à temps? Était-elle après être confrontée au même assaillant qui avait causé ce carnage à cette pauvre famille de nains?" Passant près de trébucher à quelques reprises dans la noirceur de la nuit, il n'eut pas d'autre choix que de ralentir sa vitesse de progression.

Aile-d'or le sortit de ses réflexions en lui demandant : "Crois-tu que l'enfant va survivre? Il semblait si faible."

À moitié concentré sur son objectif et ses pensées, le Mains-de-Fer répondit d'un ton évasif : "Eh... Je ne sais pas."

Aile-d'or revint à la charge en rajoutant : "À la taille qu'il a... et à la quantité de sang qu'on a retrouvée partout... s'il en réchappe... ça va tenir du miracle." Il avait antérieurement passé suffisamment de temps sur le terrain de bataille, qui était rempli d'estropiés, de chair déchiquetée, de membres en lambeaux et de dépouilles calcinées. Jamais il n'aurait cru, voire pire... Rien ne le fit frémir davantage que de voir un enfant à l'agonie, aux écluses de la mort. Le cœur gros, les larmes sur le coin de l'œil, la nausée l'envahissait tel un mal de mer en pleine tempête. La sueur du malaise lui humectait le front. Il voyait sans cesse les petits yeux marron de l'enfant perdu dans les ténèbres de la nuit, aucune réaction, le visage recouvert de sang, la mort qui avait déjà planté ses crocs dans son être n'attendant que le moment fatidique pour l'arracher à cette vie. Il croyait encore entendre le souffle irrégulier qui sautait à l'occasion, le gémissement de ce corps en convulsion. Le sifflement du sang qui se déversait dans ses poumons, causant un bruit sourd de bulles d'air dans un liquide, le hantait tel un bourdonnement agaçant. L'odeur s'était dissipée dans l'air ambiant, mais habitait toujours l'imaginaire nasal d'Aile-d'or. Il n'arrivait plus à effacer cette vision et se concentrait sur le moment présent. Une chance que Feragil ouvrait le chemin dans la pénombre de la nuit, car il aurait tôt fait de se perdre.

Feragil cria : "Dépêche-toi, Aile-d'or. Je crois que Bino et Fléo Bleu sont en mauvaise posture."

Sans s'en être rendus compte, ils étaient déjà arrivés à la lisière de la forêt.

Aile-d'or avait l'impression de voir ce qu'il y avait devant lui pour la première fois depuis le départ de son griffon. Bino marchait en direction de Fléo Bleu qui se révélait visiblement blessé. Le vieux nécromancien gisait face contre terre, inerte. Voyant un gros spectre squelettique s'approcher du vieillard, Aile-d'or se mit à courir tout en vociférant : "Feragil, vite! Il faut porter secours à Fléo. Ce monstre va s'en prendre à lui."

Aile-d'or s'arrêta net lorsque Feragil lui répondit en toisant les alentours. "Non, tu n'as rien à craindre de cette invocation. C'est son dragon. Ne t'en fais pas, ce vieux bouc a la couenne plus dure que ce que tu pourrais imaginer." Après quelques secondes, il demanda : "Vois-tu Tamira ou Noxys quelque part? J'espère qu'ils s'en sont bien sortis…"

"Je l'espère aussi", rétorqua Aile-d'or, cherchant la moindre trace de Tamira au loin.

"Va porter secours aux vieux fossiles et moi je vais apporter mon aide à mon amie. Elle pourra peut-être nous éclairer", répliqua Feragil. Au moment de se séparer, il lança une dernière remarque : "Garde l'œil ouvert, l'ennemi peut toujours rôder dans les parages. On sait jamais."

À l'approche d'Aile-d'or, le dragon se campa sur ses quatre pattes entre lui et Fléo Bleu. Le regard menaçant de la bête l'arrêta dans sa progression. Une fumée vaporeuse bleue s'échappait de la gueule squelettique du gardien. La queue bougeait nerveusement dans les airs d'un côté à l'autre. Les ailes à moitié ouvertes.

Aile-d'or était assez près désormais pour voir les cavités oculaires béantes de l'animal. Malgré ce regard livide, il sentait tout le poids des yeux rivés sur son être, l'épiant au moindre mouvement, prêt à bondir sur lui au premier signe de danger.

Aile-d'or présenta doucement ses mains tout en disant : "Je suis Aile-d'or, un ami de Fléo Bleu. Je souhaite lui venir en aide."

La créature ouvrit la bouche, laissant s'échapper une voix sortant tout droit d'un autre monde en clamant : "Il n'a nul besoin de tes soins, petit impertinent. Sache que la mort elle-même lui refuse le gîte. L'heure de son trépas est déjà scellée dans les étoiles."

Une faible voix se fit entendre. "Cède le passage, vieux paquet d'os", suivie d'une quinte de toux.

Le dragon s'écarta, légèrement contrarié, suivi par Aile-d'or qui se précipita à genoux au côté du nécromancien. L'empoignant par les épaules, son manteau qui s'était rabattu sur son dos, Aile-d'or n'avait pas vu le trou béant. Il le tira sur le dos avec l'aisance d'un morceau de tissu qu'on retournerait sans aucune colonne ni résistance, puis lui demanda : "Es-tu blessé? Que s'est-il passé ici?"

Fléo Bleu, qui n'arrivait toujours pas à conserver les deux yeux ouverts, répondit du bout des lèvres : "Seulement ma dignité et ma gourde. On dirait que je me suis pissé dessus. Mais ne le répète surtout pas à Note, il risque de me le renoter jusqu'à la fin de mes jours." Avec un petit sourire et un geste souple, il souleva sa flasque de boisson qui avait brisé sous le poids de son corps lorsqu'il s'était affalé de tout son long. Puis il reprit : "On a croisé une entité."

"Une entité?", demanda Aile-d'or.

"Oui. De quelle nature ou de quelle provenance je ne pourrais pas te le confirmer à l'heure actuelle! Je vais devoir me reposer et méditer pour en être sûr." Visiblement, la fatigue prenait le dessus sur le corps du nécromancien et il commençait à s'assoupir.

Les lueurs bleues du dragon se mirent à perdre de leur éclat quand Feragil, non loin d'eux, cria : "Ne le laisse pas s'endormir, il doit libérer les autres du dôme de protection."

Aile-d'or secoua le vieillard et demanda : "Où est Tamira?"

Fléo Bleu pointa dans une direction, incapable de répondre, suivi du dragon qui répondit à sa place : "Il n'aura pas la force de lever le charme. Il ne faut pas qu'il s'évade dans le monde des rêves, je vais tenter d'ouvrir la barrière."

Aile-d'or regarda le dragon, lui fit signe de la tête et déplaça son attention sur l'aîné qui semblait déjà en route pour la sphère des songes. S'efforçant de le maintenir éveillé, il demanda : "Non, mais tu ne m'avais pas dit que tu avais un dragon. Pourquoi ne voyages-tu pas sur son dos?"

Fléo Bleu, qui revint partiellement à lui, répliqua simplement : "Longue histoire." Puis ses yeux se refermèrent définitivement.

Le dragon en pleine incantation s'arrêta net. Regardant Feragil, qui venait d'arriver près d'eux avec Bino à ses côtés juste à temps pour l'entendre déclarer : "Je suis désolé… J'ai manqué de temps. Il n'est plus assez fort pour me maintenir dans cette réalité." Sur ses paroles, le reste de la lueur bleue s'évanouit dans la nature et les os se transformèrent en un nuage de brume qui se faufila par les craquelures sur la peau du nécromancien, suivies par un bruit terrifiant d'articulations qui reprenaient leurs places, entraînant une cacophonie de craquements visqueux. Le corps flasque reprit tranquillement une rigidité plus soutenue, les fissures de la peau se refermèrent pour revenir à leur apparence d'origine, dégageant une odeur de chair brûlée.

Fléo Bleu était parti dans un sommeil comateux imperturbable. Aile-d'or avait eu beau tenter de le secouer, le nécromancien ne réagissait pas.

À peine à cinquante pieds de distance, circonscrits sous le dôme, Tamira, les deux bras croisés, tapant du pied, impuissante, regarda la scène et dit bêtement : "Et il s'endort juste comme ça. Non, mais il se fout de notre gueule. Secouez-le plus que ça. Au pirc, frappez-le… Peu m'importe, mais faites quelque chose pour qu'on sorte d'ici…"

Chapitre 5

Les Cent Pas

Le Griffon émettait des cris stridents qui tirèrent Note de sa stase métamorphique. Ouvrant un œil tout en gardant sa forme au poignet du gamin, il pouvait sentir le vent siffler de chaque côté. La monture se donnait tout entière dans sa course pour la survie du jeune nain. Loin d'être un vol de plaisance sans remous, Note se surprit à apprécier la vitesse de croisière. Souvent, les Griffons et leurs cavaliers étaient sélectionnés comme messagers ou éclaireurs sur les champs de bataille. Notre petite breloque ambulante en avait généralement vu durant le dernier siècle, mais jamais il n'avait eu le plaisir de voyager sur l'un d'eux. Certes, les circonstances n'étaient pas à la fête, mais Note ne pouvait s'empêcher d'affectionner le périple. Sans dire un seul mot, sans bouger d'un iota, allant contre toutes les fibres de sa nature, il ne pensa même pas à prendre la moindre note. Il voulait savourer le moment, ne sachant pas quand l'opportunité se représenterait. Il avait noté des événements majeurs par le passé qui risquaient d'impacter le futur. Était-il rendu là? À ce futur? Il devait le confirmer, il avait cherché à en parler, mais personne ne désirait l'écouter. Était-il toutefois prêt à l'entendre lui-même? Il aurait bien aimé faire taire sa conscience par n'importe quel moyen.

Le nain se mit à convulser de nouveau, secouant Note de part et d'autre, mettant de facto le harnais improvisé à rude épreuve. Après un soubresaut qui entraînait une dernière toux, laissant s'échapper une coulisse de sang avant de tomber inerte.

Craignant le pire, Note se transforma et s'agrippa de toutes ses forces au vêtement en lambeaux du garçon agonisant. Hystérique, il cria : "Note dit plus vite, gros oiseau. Note perd petit nain dans le vent."

Le Griffon lâcha un nouveau glatissement étouffé. Étant à bout de souffle, on aurait pu se demander comment il réussissait à émettre le moindre son. Il repoussait ses limites, ne ménageant aucun effort afin de se rendre le plus rapidement possible. On pouvait apercevoir l'entrée des Grottes-sans-Fond qui se rapprochait à vive allure. Y parviendrait-il à temps pour sauver le petit ou était-il déjà trop tard?

Les appels du Griffon firent écho sur les vagues du vent, retentissant jusqu'aux abords des portes des Grottes-sans-Fond, alertant les gardes de leur arrivée. Sonnant l'alarme, les Castoriens se préparèrent à toute éventualité. Ils avaient envisagé le retour du Griffon et de son cavalier dans la possibilité qu'ils aient des nouvelles sur Tident, l'enfant récemment disparu.

Note sauta au collet du nain, réclamant avec ardeur : "Note-moi ça, petit homme. Notes-tu la mélodie? C'est pour toi. Note veut que tu tiennes encore un peu." Relevant la tête, il regarda autour, se demandant qui pourrait lui venir en aide.

La monture ralentissait sa descente. À l'approche des voyageurs, les gardes qui avaient confirmé son identité s'écartèrent pour lui laisser l'espace nécessaire pour atterrir sans encombre.

Au moment de prendre appui sur le sol rocailleux, le Griffon sentit le harnais se tirailler. Le jeune ours, qui était resté calme jusque-là, commençait à s'énerver.

Note ne parvenait plus à ressentir la respiration de l'enfant. Tapant sur le flanc de son compagnon, il s'écria : "Note, Note a besoin d'aide urgente pour le petit nain. Vite… vite… vite!" Une larme scintillante dévala sa joue. D'un élan soutenu, il se mit à marteler le minuscule poitrail en implorant : "Note demande de rester! Note ne veut pas que tu partes! Note n'est pas prêt…"

Habitués à être plus petits que bon nombre de montures, les Castoriens avaient toujours conservé des escabeaux faits de minces rondins près de chaque entrée. Deux gardes sortirent en courant de l'ombre, s'exposant à la lueur de la lune, tenant chacun une extrémité d'une échelle. Après l'avoir appuyée contre la cage thoracique du Griffon, l'un d'eux monta immédiatement afin de détacher les sangles, une à une. Note sautait sur place, pratiquement hystérique, en répétant : "Vite, vite! Note ne le voit pas prendre d'air. Vite, vite…"

Une vieille guérisseuse à la tignasse blanche échevelée, non loin d'eux, qui était demeurée patiemment en retrait pendant qu'on descendait le corps pour l'examiner, accompagnée de sa loutre d'une teinte cendrée légèrement crasseuse, curieusement aussi ébouriffée et de stature visiblement plus minuscule que la moyenne (on dit que les deux font la paire), hérita de l'attitude de Note et lui répondit d'un ton sec en le toisant : "Ça suffit. Reprends-toi. Tu nous énerves à la fin. Nous faisons au plus vite. Où sont passées tes manières?"

Le petit ours bondit au sol aussitôt qu'on le délia. Il attendit son compagnon dans le silence. Ses yeux parlaient d'eux-mêmes, on pouvait y lire toute son inquiétude. N'ayant toujours pas prononcé un seul mot, il dénoua sa langue pour demander : "Où allons-nous l'apporter?"

La vieille guérisseuse s'approcha et, d'un ton plus chaleureux que celui qu'elle avait employé envers Note, lui répondit : "Je m'appelle Lorainne, mais tout le monde me surnomme Lolo la naine... Je sais, je sais, tu vas me dire que je ne suis pas du tout une naine... mais une très petite Castorienne... toutefois, il faut croire que ma grandeur encore plus petite que la moyenne, trois pieds deux, et mon appétit pour les beignets au miel m'ont donné la corpulence qui m'a valu ce surnom." Elle lui adressa un petit sourire, cherchant à le rassurer. Puis elle continua en disant : "Nous allons l'emporter aussitôt qu'il sera libéré sur le sentier des guérisseurs et faire tout notre possible pour lui sauver la vie."

Note aurait bien voulu les accompagner, mais il devait parler de toute urgence à Danté. On l'avait escorté jusqu'au quartier du dirigeant. Il devait aviser les Castoriens qu'ils avaient croisé un groupe de nains en fuite en direction des Grottes-sans-Fond. Dont plusieurs auraient très certainement besoin d'assistance médicale et d'un refuge.

Poireautant à l'extérieur, dans le couloir devant la demeure, Note tournait autour du Griffon, faisant les cent pas au risque d'énerver la monture en lui donnant le tournis. Il ne connaissait pas l'état de l'enfant, n'avait aucune nouvelle de ses compagnons de voyage. L'attente lui semblait terriblement longue, lui qui n'était pas affecté par le temps. Sa tête bourdonnait tellement il était anxieux. Allait-il convaincre Danté d'offrir l'asile aux nains? Eux qui ne s'étaient pas regroupés depuis ad vitam æternam? Dont les querelles ne s'étaient pas estompées malgré les âges. Où allait-il leur tourner le dos et les renvoyer sur le sentier de l'abattoir?

Chapitre 6

La Bulle de Silence

Noxys et la Castorienne avaient fini par s'assoupir après que Tamira avait enfin trouvé le moyen de se calmer. Il était clair qu'elle ne pourrait rien changer à leur fâcheuse situation. Depuis quelques heures, rien n'avait évolué pour eux. Tamira, cimentée face à ce rideau de silence que le nécromancien leur avait imposé, rumina des idées noires.

Assise sur le sol, à caresser la fourrure de la petite loutre d'une main et à lancer inlassablement des cailloux contre la paroi invisible, la proximité d'eux, dans l'impossibilité d'être entendue, l'énervait. Elle avait fini par baptiser le nécromancien du pseudo de "vieux paquet d'os." Combien de temps encore devraient-ils patienter avant qu'il ne se lève? La nuit était pratiquement passée. Dans un peu moins d'un toc de lune, le soleil devait pointer le bout du nez. Elle avait observé Aile-d'or s'occuper de Fléo Bleu. Il l'avait bien installé au chaud près du feu et le Drumain n'avait pas bougé d'un iota depuis.

Feragil avait pris soin des plaies de Bino. Les lésions semblaient superficielles et avaient très peu pénétré sous la surface. Bino s'était couchée dans le but de reprendre ses forces. Le Mains-de-Fer décida dans l'intervalle de monter la garde au cas où les attaquants choisiraient de revenir à la charge.

La Gou-aillée, qui s'était assoupie rapidement, devenait de plus en plus agitée. Personne ne s'était rendu compte que son état, qui avait a priori semblé bénin, commençait à changer jusqu'à ce que la grosse bête se mette à claquer des dents. La première à s'apercevoir du bruit qui avait commencé subtilement à l'intervalle irrégulier fut Tamira. Plus la monture frissonnait, plus Tamira comprit que quelque chose n'allait pas. Son regard faisait la navette entre Feragil et Aile-d'or qui jusqu'ici n'avaient pas aperçu l'état de leurs camarades se dégrader. Elle se remit à maudire la barrière. Impuissante, des jurons affluèrent aux abords de ses lèvres, mais Tamira ne leur donna pas la liberté souhaitée, jusqu'au moment où elle cria involontairement. "TABARNAK! Allez-vous finir par vous réveiller?"

Prise de stupeur, Nafrer, qui jusque-là était demeurée sur les cuisses de Tamira à se faire caresser, bondit sur ses quatre pattes et détala se réfugier derrière sa maîtresse.

Noxys ouvrit un œil et demanda. "Que fais-tu, Tamira? Encore à en vouloir à Fléo Bleu?"

La Castorienne n'avait pas osé dire la moindre parole.

Tamira se leva en répondant. "Non. Le vieux paquet d'os dort comme un bébé, il lui manque juste à sucer son pouce. C'est Bino…" Prenant une pause avant d'enchaîner. "Elle ne semble pas bien aller. Aile-d'or et Feragil n'ont toujours rien remarqué."

Noxys se retroussa, rejoignant Tamira, pour constater à son tour. "Effectivement, elle est toute en sueur."

Tamira se mit à frapper de toutes ses forces avec le revers de sa main sur la paroi en hurlant. "Maudit vieux paquet d'os, vas-tu te réveiller?"

Noxys mit la patte sur son épaule tout en lui envoyant par la pensée. "Calme-toi, on ne peut rien y faire."

Tamira secoua les épaules afin de se dégager et dit d'un ton sévère. "On ne peut pas rester là à regarder Bino faiblir de la sorte." Elle regarda le nécromancien et cria, désemparée. "Réveille-toi, vieux sac à marde." Avant de retomber assise sur le sol et de dire de nouveau, cette fois en chuchotant. "Réveille Fléo Bleu, on a besoin de toi."

Comme si les dernières paroles de Tamira avaient transpercé la barrière, le nécromancien ouvrit les yeux et d'une voix pratiquement inaudible, il appela. "Aile-d'or, Aile-d'or."

"Oui? Je suis là." Rétorqua son camarade basé près de lui.

Avec une petite expectoration, la main couvrant sa bouche, le vieillard fit signe de l'aider à s'asseoir.

Aile-d'or se hâta de lui porter assistance, tout en demandant. "Est-ce que tout va bien?"

Fléo Bleu répondit toujours visiblement très affaibli. "Moi… oui. Mais tu devrais plutôt porter ton regard sur Bino. Elle ne semble pas bien aller."

La Castorienne se leva spontanément et attira l'attention sur le nécromancien en disant. "J'ai comme l'impression que tes prières ont été entendues. Le magicien se réveille."

Tamira haussa la tête. Voyant que Mazily avait vu juste, elle se releva en déclarant. "Oui! Enfin, on va pouvoir sortir d'ici."

Aile-d'or se précipita au côté de Bino. Après avoir constaté l'état précaire de sa camarade, il s'écria. "Feragil. Viens vite, la condition de Bino s'est détériorée."

Le Mains-de-Fer accourut à son tour.

Fléo Bleu regarda dans la direction de Tamira et dit comme s'il pouvait la voir en annonçant. "Ne vous en faites pas. Je vais vous libérer bientôt. Je vous demande encore un peu de patience. Je n'ai toujours pas la force d'invoquer un sort, même aussi simple que de lever le bouclier."

Feragil, visiblement inquiet, sollicita Fléo Bleu. "Ses blessures se sont infectées. Qu'est-ce qui vous a attaqué?"

Aile-d'or fixa Bino et répliqua. "Comment ça s'est infecté aussi vite? N'avais-tu pas dit que c'était juste superficiel?"

Le Mains-de-Fer le regarda et répondit. "C'est bien ce que j'aimerais savoir. Je ne connais aucune gangrène si rapide."

Fléo Bleu, hésitant, avant d'interrompre la conversation, en notifiant. "Je ne suis pas sûr de la virulence de l'infection. Mais les entités qui nous ont attaqués ressemblaient à des Âmes damnées."

"Des quoi?" Demanda Aile-d'or.

D'une voix un peu plus ferme, le nécromancien rétorqua. "Ce n'est pas ça qui est important pour l'instant. Ce qui presse, c'est de retirer la maladie qui pourrait être contagieuse le plus rapidement possible."

Feragil fixa le vieux Drumain d'un air suspicieux. De toute évidence, il ne lâchait pas tout ce qu'il savait. Avec un soupir, il finit par répliquer. "Et il n'y a qu'une seule chose qui peut faire cela dans les parages et ce sont des sanglottites."

"Et, on trouve ça où dans votre patelin?" Demanda Aile-d'or.

Le nécromancien répondit plus rapidement que Feragil et dit. "Ce sont des sangsues qu'on trouve sur la peau des cochons des marais. Ils vivent sur leurs dos de leurs hôtes et se nourrissent des infections tout en les soignant."

Feragil compléta en rajoutant : "On les aperçoit dans des arbustes remplis de longues épines tranchantes comme des lames de rasoir. Et ce sont de sales bêtes, très difficiles à capturer. Les cochons se nourrissent de la tourbière au pied de leurs troncs et les aiguillons sur les branches les coupent sans arrêt, causant des lacérations partout sur leurs corps. Il faut attraper l'animal au travers de toute cette végétation sans les échapper. Éviter de se taillader relève d'un exploit en lui-même. Sans parler d'une morve visqueuse qui recouvre l'animal, laissée par les bestioles dont on a besoin, cela fait en sorte qu'il nous glisse entre les doigts sans arrêt. Comme si ce n'était pas suffisant, une odeur de putréfaction les accompagne partout où ils sont."

Aile-d'or grimaça à l'idée de devoir courir après l'un de ces petits animaux. Néanmoins, il se proposa tout de même pour aller les chercher en rétorquant. "Je connais ces arbustes. On les appelle les barbelés du diable." Avec une grimace, il rajouta. "Je suis le plus jeune et le plus rapide. Je suis donc le mieux placé pour cette mission. Indiquez-moi la bonne direction et je vais y aller immédiatement."

Feragil sourit puis en pointant dans une direction, il dit. "Tu dois remonter plein nord. Si tu as de la chance, tu en trouveras sur ton chemin de petits arbustes. Mais il est rare de trouver le cochon des marais dans ces petites zones. Ils sont beaucoup plus abondants à mi-chemin entre ici et les Marais au lézard. Ils aiment être là où personne n'aime aller. C'est une grande vallée remplie de ça."

Aile-d'or se mit immédiatement en route sans perdre de temps. Bino dépérissait à vue d'œil.

Fléo Bleu demanda. "Où est Note? Je dois absolument lui poser des questions. Le temps presse."

Feragil le regarda, intrigué en relevant un sourcil. "Que pouvait-il bien vouloir de ce petit énergumène?"

Chapitre 7

Note Note Tous

Note était toujours en train d'attendre devant les portes chez Danté. Le Castorien ne l'avait toujours pas reçu et les nains étaient sur le point de frapper aux écluses des Grottes-sans-Fond à tout moment maintenant. Le soleil devait être levé depuis plus d'une heure à l'extérieur de la montagne.

Le Griffon était couché avec l'une de ses pattes sur un lièvre, le dévorant tranquillement. Arrachant morceau par morceau la chair encore crue de l'animal. Note, qui marchait de long en large, sortait un livre après l'autre de ses bibliothèques à la recherche d'un indice. Il savait que l'odeur particulière qu'il avait sentie dans la forêt près du petit nain lui rappelait quelque chose de très spécifique, mais il devait en être certain. Si ses craintes se voyaient confirmées, le temps était compté et les âmes perdues ne devaient pas apparaître ici, il ne venait pas d'ici.

Il fit le tour de tous les écrits qu'il possédait dans toutes les bibliothèques, à l'exception d'une. Celle-ci le terrifiait, la collection de livres oubliés des moines. Longtemps disparus, ces moines avaient prédit énormément de choses et certains d'entre eux évoquaient la possibilité d'événements terribles. En étions-nous arrivés là?

La porte de Danté s'ouvrit, interrompant Note dans ses recherches. "Enfin!" Le petit renard releva légèrement les yeux pour apercevoir un homme se tenant dans l'encadrement de ses appartements. Danté était épuisé et affligé par le chagrin, cela se voyait à son apparence négligée et davantage encore à ses traits du visage étirés qui en disaient long. Le dernier mois l'avait certainement mis à l'épreuve, mais rien ne pouvait rivaliser en comparaison à la nouvelle de la disparition de Tident. Il avait renvoyé toutes ses aides et croulait sous le poids des responsabilités.

D'un ton amer, il regarda Note et dit, "Qu'est-ce que tu me veux? Après avoir ramené un maudit nain ici?" Puis il se tourna en leur faisant signe de le suivre.

Note remarqua que le Castorien était étonnamment sobre. Avait-il renoncé à son élixir favori dans ces circonstances?

Note fit signe à son tour au Griffon de bouger. La créature prit le reste du gibier et l'envoya valser dans les airs avant de l'attraper avec son bec pour engloutir complètement les restes d'un coup. Suivi d'un cri, il se releva pour suivre son compagnon par la même embouchure.

D'ordinaire bien éclairée par une multitude de joyaux insérés dans les murs, la grande salle était plongée dans l'ombre. Danté avait recouvert pratiquement toutes les pierres de tissus, renonçant de facto à la clarté dans ces moments de noirceur. Sur le sol gisaient quelques piliers servant à exhiber des sculptures exotiques de toutes sortes de créatures vivant à la surface de Dritarinus. Dans sa colère, le dirigeant de ce royaume les avaient bousculés les uns après les autres, faisant valser les œuvres d'art de part en part de la pièce. Si ce n'était du poids imposant du trône de marbre, il est fort à parier que celui-ci aurait subi le même châtiment.

"Note a noté votre mépris pour les nains..." La petite créature fit une pause, se demandant comment aborder le sujet, puis continua. "Note s'inquiète pour le gamin."

Le Castorien se retourna brusquement et le fixa droit dans les yeux, impatient et avec un ton grave, il lui cracha. "Ne sens-tu pas?" La bouche entre ouverte, Danté appuya sur son propre nez tout en reniflant, les gencives encore plus apparentes.

N'ayant pas bien saisi où il voulait en venir, Note demanda. "Note n'a rien noté d'anormal. Pourriez-vous éclairer Note sur le fond de votre pensée?"

D'un ton sec, il répondit. "Ça pue. On sent à des kilomètres l'odeur infecte du nain. Il n'y a pas une pierre… non… une poussière! Qui ne schlingue pas le nain. Il respire encore, grâce à nos soins. Heureusement, nous avons notre propre élevage de Sanglottite. Nos soigneurs ont dû l'arracher à plusieurs reprises des mains froides de l'éternelle mangeuse de cailloux." Puis il se retourna pour aller s'asseoir sur l'un des rares tabourets qui étaient restés sur ses quatre pattes au milieu du désordre.

Le Griffon regarda Note d'une manière qui laissait entendre qu'il n'avait aucune idée de ce que le Drumain venait d'exprimer.

"Note a déjà noté ce qu'est la mangeuse de cailloux. Note s'expliquera plus tard," répliqua-t-il en chuchotant.

Danté, ayant entendu la réplique, décida de prendre sur lui de répondre : "Je n'en ai jamais vu moi-même. Donc, je ne pourrais pas te confirmer sur la véracité de la chose. Cela pourrait s'avérer n'être que des contes pour endormir les enfants. Selon les légendes, dans les plus creuses des cavernes naturelles, existeraient de terribles petites créatures, pas plus grandes que Note. Ils seraient nés de la terre, fait de petites pierres noires, d'un noir si profond qu'on dit que même la lumière refuse de s'y arrêter. Et chacune des pierres serait retenue par un ligament s'apparentant à de la chair déchiquetée. Elle prendrait la couleur du sang de leurs dernières victimes qui auraient osé s'aventurer trop près de leurs antres. Et lorsqu'un Castorien succombe, on a pour dire, que c'est la mère de ses créatures qui sillonnent le monde des morts qui vient dans le monde des vivants afin d'aspirer ce qui subsiste d'essence de vie de nos défunts pour le retourner à la terre. Et on l'appelle l'éternelle mangeuse de cailloux."

Il regarda Note et demanda. "Mais tu n'es pas venu ici pour me poser des questions sur le nain sans détour. Sinon, tu serais allé directement voir les guérisseurs. Et l'on m'a dit que tu n'avais pas de nouvelles de mon petit-fils. Alors pourquoi es-tu là?"

Note devait lui dire où il le découvrirait bien assez tôt, de toute façon. "Note… Note a noté un groupe de nains qui fuit en survolant la zone vers ici."

Le Castorien ouvrit grand les yeux, surpris par l'énoncé de Note, et il rétorqua sur-le-champ sans réfléchir : "Ils ne viennent pas ici. C'est impensable. Ils ne peuvent pas venir ici. Ils n'oseraient pas se pointer le chignon ici." Hésitant un instant avant de renchérir : "Ils feraient mieux de ne pas venir ici. Par le maillet à deux visages!" Le Drumain tournait en rond dans sa tête, cherchant une porte d'évasion. Il gesticulait comme un papillon pris en pleine tempête, juste avant de s'immobiliser pour dire : "Il est hors de question de voir des nains nous infester. Déjà que tu nous en as apporté un. Si je ne me retenais pas, on l'aurait déjà foutu dehors, et toi avec."

"Note chercha à l'interrompre avec respect afin de lui faire entendre raison et articula : "Note n'aime pas remettre bébé sous les étoiles. Note espère que vous allez placer vos vieilles querelles de côté…"

Danté ne voulait pas entendre le moindre argument et l'entrecoupa telle une lame chauffée à blanc en vociférant. "Je t'arrête tout de suite. Nous n'allons pas leur donner la chance de nous envahir. Pour autant que je sache, ils sont peut-être derrière la disparition de mon petit-fils."

Un garde entra en annonçant. "Désolé de vous importuner, mais il y a des dizaines de nains à nos portes demandant refuge et parmi eux des blessés graves. Que faisons-nous?"

Danté, répondit d'un ton imperturbable. "Qu'on les renvoie d'où ils viennent! Je n'ai que faire de ces nains et de leurs ours puants."

Note n'allait pas rester les bras croisés sans rien dire et interrompit le dirigeant en s'écriant. "Note vous l'interdit. Vous ne pouvez pas les envoyer à l'abattoir sans leur porter secours."

Danté le fixa droit dans les yeux avec une expression de défi et déclara : "Je l'ai dit et je vais le faire." Puis, s'adressant au garde, il reprit : "Et qu'on me débarrasse de cette breloque bon marché. Montrez-lui la porte qu'on le renvoie au même titre que ses nains."

Le garde siffla pour appeler quelques vigiles en renfort. Note frémit de frustration. Le Griffon émit des cris de désapprobation.

Danté pointa le Griffon et ordonna. "Ramenez aussi cette créature à son maître. Je ne souhaite plus les voir à moins qu'ils ne ramènent Tident. C'est clair?"

Note se dirigea vers la sortie avec le garde qui le bouscula légèrement avec sa hallebarde. Sans plus réfléchir, le petit renard fit demi-tour pour insister. "Note vous implore de revoir votre décision."

Danté, en colère, cria. "Dehors, dehors…"

Suivi par le garde qui le poussa plus vigoureusement en lançant, "Tu as compris… avance."

À ce moment-là, Note voyait qu'il n'y avait qu'un seul moyen de se faire entendre et pour la première fois depuis des lustres, il devait reprendre sa forme de gardien des portes. Il lâcha un grognement intense qui saisit par surprise tous ceux dans la salle. Note tomba à quatre pattes. Le garde prit quelques foulées de distance, ne sachant pas à quoi s'attendre. Le Griffon s'écarta également par instinct. Telle une montée de lait en ébullition, la corpulence de Note se mit à grandir jusqu'à dépasser celle de Noxys. La couleur commença à pâlir pour devenir d'un blanc immaculé au reflet perlé. Lorsque la métamorphose fut complétée, Danté s'était réfugié derrière le trône des décisions situé à l'extrémité de la galerie.

Note se retourna avec un regard agressif en direction du Castorien. Son apparence n'était plus celle d'un petit renard enjoué, mais plutôt celle d'un loup-garou musclé aux dents acérées. D'une voix forte et calme, il ordonna en se rapprochant de Danté, écartant doucement le garde à l'aide de sa patte. "Ouvre bien tes petites oreilles, petit Castorien. Toi qui m'obliges à revêtir cette forme. Sache que nous sommes probablement à un point tournant de votre histoire. Il se peut que ce soit un jour sans lendemain, où chaque décision aura un impact déterminant. Vos querelles insignifiantes m'indiffèrent. Je note tout, mais toi, tu dois effacer toute ta rancœur. Ce ne sont pas les nains qui ont kidnappé Tident, je peux t'en donner ma parole."

Danté ne dit pas un mot et se contenta de hocher la tête. Une nouvelle odeur émanait de la petite créature qui se sentait soudainement minuscule dans son slip.

Note se retourna pour partir tout en reprenant sa forme bien connue en disant d'un ton enjoué : "Note a parlé, avez-vous bien noté?" Puis, regardant le garde, il demanda : "Note se questionne. As-tu osé?"

Le garde, les yeux toujours exorbités, retenant son souffle, n'osa pas ouvrir la bouche pour répondre, mais d'un geste de la main fit signe que non.

Regardant le Griffon d'un air ridiculement victorieux, il demanda : "Note doit partir... Tu viens? Note doit rejoindre nos camarades."

Le Griffon n'avait pas encore détaché son regard stupéfait de Note, incertain de ce qui venait de se passer. Néanmoins, il emboîta le pas à sa suite après avoir reniflé l'émanation qui lui parvenait désormais au bec. Tout en secouant la tête, éternuant à quelques reprises, l'animal se mit à presser le pas.

Chapitre 8

La Promesse

"… Toujours heureux qu'il n'ait pas pris mon nez comme coffre à bijoux permanent pour y élire domicile," expliqua Noxys à Mazily. Elle lui avait raconté les fâcheuses situations auxquelles elle s'était retrouvée quelques jours auparavant.

La Castorienne riait aux éclats, bien malgré elle. Comme un vent de fraîcheur, les histoires que la dragonne lui racontait avaient tôt fait de lui changer les idées.

La fatigue avait eu raison de Tamira, qui s'était assoupie en position assise, face au campement encore pris au piège sous le dôme de protection.

Fléo Bleu s'était quant à lui retourné et rendormi à la seconde même où Aile-d'or était parti à la recherche des cochons des marais. Il devait pareillement récupérer des forces.

Le soleil battait son plein depuis peu. Aile-d'or était revenu avec les sanglottites ainsi qu'une bonne quantité d'éraflures causées par les épines des arbustes, maudissant leurs existences. Puis il était reparti aussitôt à la quête de survivants nains, maintenant que le jour s'était proclamé roi des cieux.

Quant à Feragil, il s'occupait de Bino. Il appliquait des sangsues sur chacune de ses plaies, et celles-ci commençaient à faire effet rapidement sur son état de santé. Les gémissements avaient cédé la place à une respiration plus calme. Les teintes verdâtres des blessures commençaient à s'estomper pour laisser place à une couleur plus naturelle. Feragil n'avait jamais vu Bino récupérer aussi rapidement malgré des blessures qui semblaient superficielles.

Leurs voyages avaient à peine démarré que le groupe faisait déjà face à d'immenses épreuves. Il aurait cru posséder suffisamment de temps pour bien préparer les enfants à faire face à des combats, mais les affrontements les avaient rattrapés plus vite qu'il ne l'aurait souhaité. Étaient-ils prêts à affronter cela? Une chose était certaine, ils devraient s'adapter rapidement, sinon la mission risquerait d'être écourtée de façon abrupte. Fléo Bleu lui avait indiqué où Tamira et sa dragonne étaient situées. Malgré qu'il lui fût impossible de les apercevoir ou de les entendre, il se surprit à de nombreuses reprises à regarder dans leur direction. Il n'aurait su dire si c'était par habitude, inquiétude ou tout simplement par ennui.

Aile-d'or n'était pas encore revenu, cela ne pouvait signifier qu'une seule évidence. Il n'avait toujours pas retrouvé un seul survivant. Les nains de Saint t'Ours s'étaient vus passer à deux doigts d'être éradiqués. Feragil eut un pincement au cœur à la pensée que les ours n'auraient peut-être pas eu la même chance que les Mains-de-Fers. Il aurait très certainement disparu au même moment que le dernier Drumain de sa communauté serait tombé raide mort. Devait-il continuer la mission avec les enfants qu'il avait juré de protéger ou les ramener quitte à user de la force si nécessaire à leurs patriarches?

Il avait l'habitude de penser que les décisions étaient de la responsabilité de Ducan et qu'il n'avait qu'à suivre les ordres. Cependant, il se retrouvait désormais à prendre des décisions qu'il n'avait jamais anticipées. Sur un champ de bataille, les questions étaient simplifiées : tuer ou être tué, tout en préservant autant d'alliés que possible. Mais cette fois, tout était différent. L'engagement était plus personnel. Il se trouvait à la tête du groupe dans un territoire hostile, cherchant un membre de sa famille dont il ne savait rien de l'état.

Il se revoyait quelques jours plus tôt, entrant dans le bureau de Ducan juste après que Tamira ait appris la confirmation de la mort de ses frères.

Ducan se tenait dos à l'entrée, penché au-dessus de son bureau en caressant un livre posé devant lui, lorsque Feragil avait demandé : "Vous m'avez convoqué!"

Un silence persista pendant une courte période. Feragil pouvait percevoir un bruit sourd de sanglot provenant de son ami. L'épaule du vieil homme sautillait légèrement. Avec une inspiration profonde, Ducan finit par contrôler ses émotions et répondit : "Je vais avoir une requête difficile à te réclamer." Puis Ducan se retourna.

D'habitude, Ducan paraissait toujours inébranlable. À son souvenir, la seule autre fois qu'il avait vu son frère d'armes perturbé à ce point fut à la suite de la mort de sa femme.

Feragil craignait la requête que son ami s'apprêtait à lui faire. Il s'était préparé à l'idée que Ducan lui demande d'accompagner sa fille, et il avait déjà accepté cette tâche avant même d'entrer dans le bureau. Il connaissait si bien son ami qu'il n'avait pas envisagé hésiter un instant. Du moins, c'était la scène qu'il avait imaginée.

Regardant directement dans les yeux de Ducan, il attendait que son compagnon lui fasse sa requête en silence.

Ducan le fixait à son tour, la vue obstruée par les larmes auxquelles il se refusait de laisser partir, et dit : "Mon ami, je dois te révéler quelque chose qui m'est très difficile à formuler. Je te demanderais de me donner ta parole que tu n'en souffleras pas le moindre mot à Tamira."

Feragil ne comprenait plus rien. Il avait cru être appelé pour accompagner Tamira, mais il devenait évident que ce n'était pas la seule raison de sa convocation. Intrigué, il appuya son poignet contre son front et répondit : "En tant que Mains-de-Fer, je te donne ma parole en ce jour et à cette heure. Advenant que mon engagement vienne à te faire défaut et que ma langue se délie un jour, que ma main soit sectionnée sur le champ de mon corps. Qu'elle remplace ma langue par laquelle j'aurais trahi votre confiance." Telles étaient leurs coutumes pour faire serment.

Ducan toussa, reportant ce qu'il s'apprêtait à dire de quelques secondes, prolongeant le supplice de l'attente. Puis, après avoir repris son souffle, il commença : "Il n'est pas un secret que je vieillis." Ducan prenait son temps, et Feragil tentait de comprendre où il voulait en venir.

Au bout de quelques secondes, Ducan résuma : "Je me fais vieux... et mes garçons, autant que je sache, sont décédés. Et..." Les paroles semblaient avoir un goût amer dans la bouche du Drumain. "J'arrive à ma dernière saison. Je ne risque pas de voir une autre floraison. Je... suis sur le point de mourir. Et il ne reste que Tamira pour continuer la lignée, si jamais elle ne retrouve pas son frère en vie ou qu'il lui arriverait quoi que ce soit sur son voyage... Je ne sais pas ce qui adviendrait du domaine du Firmament."

La nouvelle tomba comme un coup de massue sur les épaules de Feragil. Il savait que Ducan était âgé, l'ayant connu toute sa vie. Il savait que ce jour viendrait, mais pourquoi maintenant? Pourquoi pendant des moments déjà chargés de tristesse? Il n'était pas préparé à cette nouvelle. Certains Drumains des lignées de dragon vivaient jusqu'à cent cinquante ans. Pourquoi lui? Pourquoi maintenant?

Ducan continua d'un ton plus calme : "Je sais que toi non plus, tu n'es pas devenu plus jeune et que nos belles années sont loin derrière nous. Je comprends que tu as déjà vu plus que ton lot de batailles. Mais je vais quand même te demander si tu accepterais de risquer ta vie une fois de plus… pour protéger la seule enfant dont je suis sûr qu'elle me reste. Je sais que je te demande beaucoup… Ce ne sera pas une tâche facile de les prendre en charge, surtout avec la tête dure qu'elle a… Mais tu es la seule personne en qui j'ai vraiment confiance pour m'assurer qu'elle rentre saine et sauve."

Un bruit sourd tira Feragil de ses souvenirs. Croyant que c'était Aile-d'or qui arrivait, il scruta l'horizon… jusqu'à ce qu'une odeur nauséabonde envahisse ses narines. Son attention se porta immédiatement sur Fléo Bleu, qui le regardait avec un petit sourire malicieux.

"Sérieusement? Tu viens de nous lâcher un gaz?" demanda Feragil.

Le vieil homme grincheux adopta une expression d'innocence et répondit : "Euh, je n'ai rien senti, mais… c'est possible."

Dégoûté, Feragil commenta : "Fais une cure de désintoxication… Je ne sais pas… Mais fais-toi soigner… Ce n'est pas normal de sentir la décomposition de cette manière."

Aile-d'or arriva à ce moment-là, se pinçant le bout du nez en demandant : "Quelle est cette odeur? Avez-vous brûlé un cadavre pendant mon absence?"

Voyant Aile-d'or le fixer, Feragil se hâta de répondre : "Ne me regarde pas comme ça. C'est lui qui sent la vieille fiente de gobelins. Ce n'est pas moi."

Fléo Bleu se releva brusquement. Avec un ton outré, il protesta tout en affichant un sourire coupable. "Bien sûr, mettez ça sur le dos de l'octogénaire de service. Bon, fini les plaisanteries, il est temps de passer aux choses sérieuses."

De l'autre côté du champ de protection, Mazily s'écria : "Tamira… Regarde, je crois qu'il y a de l'évolution près du feu."

Ouvrant les yeux, Tamira pouvait enfin voir le nécromancien se pencher pour ramasser son bâton. Et d'un mouvement sec, Fléo Bleu prononça une formule en frappant le sol, dissipant le dôme par le fait même. Tamira sentit à nouveau le vent environnant lui caresser le visage et une senteur lui remonter le canal respiratoire. Ils étaient libérés.

Chapitre 9

L'Éveille

Note aurait dû rejoindre ses camarades depuis un bon moment déjà. Si ce n'était pas de Danté. Il lui avait ordonné de rester et de superviser l'arrivée des réfugiés. Il va sans dire que le dirigeant des Grottes-sans-Fond l'avait mis en place de telle façon à ne pas perdre la face; son ton hésitant n'avait pas su cacher sa crainte évidente à l'égard de la métamorphose impromptue de Note. Le nombre de nains était supérieur à leurs premières évaluations et ne cessait d'affluer. Cela retarderait leur départ jusqu'à la tombée de la nuit.

Fléo Bleu avait libéré le groupe du dôme de protection depuis un bon moment maintenant. La nuit pointait le bout du nez et le soleil s'apprêtait à tirer sa révérence.

Aile-d'or, Feragil et Mazily s'étaient regroupés légèrement en retrait pour discuter des phénomènes passés. Bino était toujours endormie. Elle semblait avoir récupéré de ses blessures. Les sangsues étaient tombées au sol, n'ayant plus aucune infection sur laquelle se nourrir, ce qui était de bon augure.

Tamira avait constaté le retard de son bijou et elle avait eu comme seule réponse qu'il avait dû rester plus longtemps en arrière afin de s'assurer de l'état de santé du gamin. Pour la rassurer, Aile-d'or avait affirmé que s'il était arrivé le moindre incident à son Griffon, il l'aurait su immédiatement.

Fléo Bleu n'avait pas pris de répit depuis qu'il s'était relevé. Il consacrait son temps à façonner dans la terre une multitude de symboles. Les seuls signes reconnaissables représentaient une forme de huit. Par la suite, il avait exigé de Tamira qu'elle se place dans l'un des cercles après avoir mis chacune des pièces de son armure dans l'autre partie du chiffre. Hésitant, par crainte d'être encore emprisonnée dans l'un des sorts du vieux Drumain, Feragil avait dû intervenir pour la convaincre.

Il y a plusieurs décennies, ses parents avaient dû passer par le même procédé afin de réveiller les pouvoirs de leurs équipements de protection. Il était impératif d'activer l'armure de la dragonnière au cas où ils rencontreraient d'autres dangers d'une telle ampleur.

Face à la réticence de Tamira, le retard de Note tombait à point pour la persuader, car Tamira ne partirait pas sans sa breloque.

Tamira finirait enfin par comprendre ce que le nécromancien voulait dire par "il faut réveiller ton armure." Elle avait tenté de questionner le vieillard sur le sujet, mais il était resté plus qu'évasif avec chacune de ses réponses.

Noxys était placée de l'autre côté du feu dans la seconde forme de huit faite à sa taille. Son équipement avait également été disposé dans l'autre boucle dans le sol. Son estomac commençait à crier famine et elle devenait de plus en plus impatiente d'en finir. Fléo Bleu lui avait ordonné de ne pas sortir du cercle sous peine de ruiner l'incantation et de devoir recommencer depuis le début.

Tout au long des préparations de la cérémonie, Tamira remarqua Fléo Bleu en constante conversation avec lui-même. Elle se questionnait sur son état de santé mentale quand Noxys lui rappela qu'il pouvait sûrement être en conversation avec des esprits invisibles pour le commun des mortels.

La nuit et le jour s'étaient réunis dans une mélodie d'une éternelle longueur. Tamira avait l'impression d'avoir été mise au cachot toute la nuit sous une bulle de verre et se retrouvait désormais confinée à nouveau dans une autre prison à aire ouverte. Quand soudain les choses s'apprêtaient à devenir intéressantes.

Fléo Bleu s'adressa à l'entité à ses côtés en disant. "OK. Ducan, je te promets de ne pas en parler. Maintenant, regagne ta place pour qu'on commence."

Au même instant, Noxys releva la tête en même temps que sa cavalière pour porter leur attention sur le nécromancien. Tamira demanda. "Es-tu en contact avec Ducan?"

Fléo Bleu redressa la tête. Ses yeux semblaient regarder vers son âme. On ne distinguait plus ni l'iris ni la pupille. Son expression était celle d'un être rongé par une douleur insoutenable. Les veines sur ses tempes s'accentuèrent et battirent à un rythme effréné. Du sang se mit à tisser une toile sur le blanc de ses yeux. Toute personne à proximité qui aurait fixé le regard du nécromancien aurait vu le sang dessiner la forme d'un visage de femme, puis le liquide écarlate se déplaça pour former l'illustration d'un homme. Les portraits qui y apparaissaient se succédèrent les uns après les autres, sans jamais se répéter.

Il ne répondit pas à la question, ne donnant aucun indice pour savoir s'il l'avait seulement comprise. Dans un souffle, il répliqua simplement. "Il est l'heure."

Feragil l'entendit et tapa sur le genou d'Aile-d'or, puis pointa en direction de Fléo Bleu en annonçant. "Ça va commencer. Vous n'allez pas vouloir manquer cela."

Les traits du nécromancien se crispèrent davantage, au point de se fissurer comme une vieille feuille d'arbre desséchée. Il planta son bâton dans le sol en marmonnant des paroles incompréhensibles avant d'enjamber les pierres entourant le feu entre les deux jeunes. Tamira découvrit désormais les visages dans son regard absent. La vision lui donna froid dans le dos, comme si elle pouvait voir au travers d'une fenêtre avec panorama sur le monde des morts. Une lueur bleue jaillit des fissures qui avaient réapparu sur sa peau. Elle pouvait l'observer avancer directement vers les flammes. Elle voulait intervenir, lui crier d'arrêter d'avancer. Si seulement son corps acceptait de lui obéir.

À l'instant même où la pointe de sa botte pénétra les flammes, la lueur adopta une teinte bleue électrique. Au fur et à mesure qu'il avançait dans le brasier, le volume de sa voix s'intensifia avec un écho d'agonie. Les feux l'enrobaient comme une couverture visqueuse sans le consumer. Il semblait avoir fusionné avec eux, telle la pierre avec la lave. Tamira et Noxys étaient subjugués par le spectacle. Ils n'avaient pas remarqué jusqu'à présent que leurs corps avaient lévité d'une coudée. D'un geste soudain, Fléo Bleu s'éprit de douleur et se saisit la tête. Écartant grand la bouche jusqu'à déboîter sa mâchoire, il poussa un hurlement sinistre tout en effectuant une dernière incantation. Ses bras s'écartèrent brusquement d'est en ouest, les mains ouvertes vers la terre. Des flammes aux lueurs bleuâtres tombèrent au sol comme des boules de gaz liquide en ébullition. L'énergie libérée parcourut le territoire, embrassant chaque minuscule creux que le nécromancien avait préalablement creusé tout autour, telle une canalisation remplie d'huile. Elles finirent leur course simultanément sur chacun des deux huits. L'armure de Tamira et Noxys s'embrasa, recouverte de flammes bleutées qui virèrent au rouge orangé, rappelant la lave. Tous les brasiers se dissipèrent, et les enfants descendirent en douceur sur la terre ferme. Rien ne semblait avoir été consumé par l'incendie.

Fléo Bleu avait repris son aspect repoussant de vieillard squelettique, debout au cœur d'un tas de braises. Son visage était noyé dans l'ombre de la nuit. D'un mouvement agile, il s'approcha en ramassant le heaume tombé au sol. Il le tendit à Tamira en lui disant. "Je te rends ton casque, formé de cendre et de terre, seuls témoins, le clair-obscur des étoiles, nées des cuisses du jour. Voici ta parure, forgée en ton alliance contre l'adversité. Tu es désormais la première Dragonnière!"

Tamira regarda son armure, émerveillée par son nouvel aspect de minerai crevassé et de coulées de lave, qui avait remplacé les teintes brunes et grises. Une chaleur réconfortante semblait émaner d'elle, l'appelant presque.

Le vieillard était de nouveau épuisé de ses forces vitales, et sans dire un mot, il tourna les talons pour se diriger vers un amas de feuillages où s'étendre.

Noxys avait gardé son attention sur Fléo Bleu et envoya à Tamira la réflexion : "Et il part comme ça, sans un mot ni un simple manuel d'explication! On ne sait même pas à quoi tout ceci a bien pu servir."

Tamira, qui s'était déjà précipitée pour enfiler chaque accessoire de son armure, répondit sarcastiquement. "Je parie que Note pourrait nous pondre tout un chapitre sur le sujet. En attendant, tu ferais bien de l'enfiler, histoire que l'on voie comment tes nouvelles couleurs te vont."

La dragonne ramassa la première pièce de cuirasse tout en faisant une remarque. "Pour une fois où cette peste aurait peut-être pu être utile."

Tamira afficha un modeste sourire en coin. Elle était très consciente que Noxys n'avait pas eu l'intention de lui adresser sa dernière pensée. Elle en profita tout de même pour la taquiner à nouveau en lui répliquant. "De toute évidence, tu commences à l'avoir dans la peau, ce petit Note."

Noxys lâcha un grognement d'agacement.

Chapitre 10

Une Deuxième Peau

Note pouvait apercevoir le feu au centre du campement. Du haut des airs bien installé sur le Griffon, il lâcha un soupir de soulagement, avant d'annoncer. "Note enfin va pouvoir prendre place au raccord du poignet de Dame Tamira. Note va pouvoir regagner de l'énergie céleste."

Le Griffon émit quelques cris en signe d'approbation. Tous deux n'avaient pas dormi encore et la journée avait été exubérante. Pour accélérer le processus, la bête avait servi de transporteur pour les blessés pendant que Note s'affairait à recueillir et diriger tous les nains. Le petit bijou en avait vu d'autres, cependant, il repartait le cœur rassuré, car les dernières nouvelles avant de partir furent que le petit semblait en bonne voie de s'en sortir. Il était toujours inconscient et il pouvait encore succomber à ses blessures, mais les guérisseurs optimistes avaient déclaré que s'il passait la nuit, il serait hors de danger.

Au moment d'atterrir, Bino était finalement rétablie. Assise au bord du feu avec les autres camarades, tranquille, une gamelle à la main sirotant un bouillon bien chaud. Elle avait repéré l'arrivée des deux retardataires sans broncher.

Fléo Bleu ronflait si bruyamment que leurs positions devaient être connues par toutes les créatures vivantes à mille lieues à la ronde. Les seuls répits que le groupe et même la faune environnante obtenaient furent de très courte durée. Entre les chants de son pharynx et la violation de sa respiration nasale, on l'observait répondre à l'innombrable questionnement et harcèlement des âmes du futur, il était difficile d'imaginer qu'un tel homme parvienne à se reposer. D'ordinaire, son vacarme passerait inaperçu sous son dôme de protection. Nul n'aurait eu le moindre doute des nuits tourmentées auxquelles il devait faire face.

Aile-d'or attira l'attention des autres lorsqu'il dit. "Vous voilà enfin de retour."

Le Griffon s'approcha sans faire frétiller la moindre branche morte ni le moindre feuillage. Inclinant légèrement la tête en réponse. Son cavalier ramassa une tige plantée autour du feu. Un lézard poilu avait été empalé à l'extrémité puis disposé au-dessus de la braise ardente afin d'y cuire. D'après son aspect croustillant, la carcasse semblait cuite juste à point. La fourrure particulière de cette bestiole avait fondu naturellement au contact de la chaleur, tel un morceau de beurre dans une marmite brûlante. La chair avait suinté abondamment pour laisser s'échapper le goût amer de l'eau dans ses pores sans enlever le parfum salé des muscles, gardant suffisamment de jus pour que la chair demeure tendre. Bon nombre de personnes rateraient la cuisson de cet animal dans une cuisine. À l'idée que ce soit un succès en voyage sur le coin d'un feu, cela relevait pratiquement de la magie. Mais pour Bino, ce n'était rien de plus qu'un autre plat qu'elle maîtrisait sans encombre. Feragil avançait à l'occasion que sa camarade était si douée en cuisine qu'elle aurait probablement atteint la perfection d'un plat avec les yeux fermés devant le crachat de flamme d'un dragon. Cependant, pour le Griffon, un tel goûter, même bâclé, aurait fait son régal. Le Griffon n'avait rien avalé depuis un bon moment et la seule chose à laquelle il aspirait résidait en un repas chaud et une longue nuit de repos bien méritée.

Note qui suivait en silence s'était rapproché du nécromancien afin de tirer légèrement le recoin de son manteau, refermant une ouverture près du col de celui-ci. Suivi par deux petites tapes de réconfort sur le coin. Fléo Bleu arrêta son ronflement et démarra une nouvelle fois une conversation dans son sommeil. Pour la première occasion depuis qu'il s'était endormi, la discussion semblait agréable. On aurait même dit qu'elle avait une tonalité amoureuse.

Noxys regarda Note avec un soupir de soulagement et elle déclara. "Enfin, il était temps."

Note, répondit. "Note est désolé de son retard! Petit Note très très occupé avec une demi-portion de Drumain…"

La dragonne ne le laissa pas finir qu'elle rétorqua. "Je parlais de ce tintamarre. Cela fait des heures qu'il fait un boucan de tous les diables. Quand ce n'est pas son ronflement, c'est ses rencontres nocturnes."

Note la dévisagea puis regarda Fléo Bleu encore une fois et répliqua. "Note t'informe que tu en as que pour une poussière de sablier avant que les âmes le tourmentent à nouveau. Tel a noté Note. Un bien grand prix payé pour quelque temps passé par nuit avec Grand Amour." Le renard prit quelques bouts de charbon refroidi qu'il disposa sur une belle feuille d'arbre qu'il avait recueillie non loin. Puis il alla vers Tamira et se laissa tomber sur l'arrière pour s'asseoir nonchalamment. Prenant l'un des morceaux dans sa patte, il l'observa quelques secondes. Juste avant de le mâchouiller, il releva la tête de côté, examinant Tamira qui jusque-là n'avait pas fait un son. Le petit bijou commenta. "Note, à noter que dame Tamira est toute en couleur sous les étoiles. Ainsi que sa dragonne. Mais Note n'a pas noté la présence de Mazily et de sa loutre."

Tamira, rassurée de voir revenir les deux collègues, prit la parole. "D'abord, la Castorienne est repartie pour son village aussitôt qu'on a été libérés de la prison de protection de ce vieux fou."

Note avait les bajoues bouffies par quelques morceaux de charbon, ressemblant à un tamia qui amasserait une réserve de noisettes. Il arrêta puis haussa un sourcil en direction de Tamira, suite à cette déclaration.

Tamira remarqua l'interrogation sur le visage de la petite créature et résuma. "Mazily voulait s'assurer d'aviser les Castoriens du danger que l'on a croisé après avoir longuement conversé avec Feragil et Aile-d'or."

Note chercha à questionner davantage, projetant par le fait même une pluie de morceaux de charbon au passage. "No... te... pri..." Voyant que les mots sortaient moins que son repas, il cracha sa bouchée disproportionnée et reprit. "Note ne voit pas comment une prison est possible. Note n'a jamais noté de donjon dans le secteur." Scrutant du regard les alentours pour la moindre trace d'un bâtiment.

Noxys répondit. "Dans la bulle de sécurité magique invoquée par Fléo."

Note hocha légèrement la tête et ramena son attention sur ses restes devant lui et il répliqua. "Ah… Note comprend. Note a noté que dragonne et dragonnière pas contentes de la protection. Action, action avec gamin impatient. Note sait aussi que les jeunes ne sont pas prêts…" Puis il haussa les épaules, avant d'engouffrer quelques morceaux dans sa cavité buccale.

Tamira se retrouvait encore piquée au vif. Comment pourrait-il se voir prêt? Si on les maintenait à l'écart. "Comment ça? Pas prêts? Tout ce qu'on sait, c'est que notre armure n'était pas réveillée. Maintenant, elle est bien belle, nous conserve davantage au chaud qu'avant, mais elle fait quoi? Il ne nous a donné aucune indication, aucun parchemin explicatif, même pas une notice d'introduction pour débutant." Rétorqua-t-elle.

Note sourit bêtement, avalant le morceau qui était pour le gêner dans ce qu'il s'apprêtait à déclarer. "Note épouse poignet lorsque Note prend forme de bijou. Armure fait pareil, si vous le lui demandez. L'armure est comme une deuxième peau. Note vous dit, il faut l'apprivoiser."

Noxys ne chercha pas plus d'explication. Elle n'était pas pour essayer de forcer les choses comme avec le changement de couleur dans la bibliothèque, quelques jours auparavant en présence de Shina. Elle décida donc de tenter de ressentir son armature de la même manière qu'elle arrive à éprouver les écailles sur son corps lorsqu'elle est en plein vol.

Tamira n'était pas sûre de bien comprendre et regarda son casque entre ses mains. Le tournoyant lentement d'un côté à l'autre. Les fissures de lave semblaient en mouvement perpétuel, donnant une impression qu'elles étaient vivantes.

Noxys débuta à sentir un léger picotement, comme si l'on déversait de l'eau chaude sur une peau qui aurait été caressée par le froid. Les crevasses de son plastron prirent de plus en plus d'illumination. En se relevant sur ses pattes, elle annonça. "Je crois que je commence à saisir." Joignant les mots à un tour complet sur elle-même. L'armure se mit à briller comme les feux dans la nuit, suivie par la queue qui s'enflamma d'elle-même.

Tamira s'écria de frayeur. "Noxys. Attention… Ta queue est en feu."

Pratiquement tous ceux présents firent un mouvement instinctif de recul. Seul Note resta stoïque, comme s'il avait déjà vécu ce genre d'avènement. Bino s'apprêta à éclabousser la dragonne de son bouillon pour lui venir en aide, quand la réaction de Feragil la rendit perplexe.

"Wow. On touche un autre niveau si l'on compare ceux de tes parents," répliqua le Mains-de-Fer avec admiration.

Non seulement l'armure semblait prendre feu, mais le corps tout entier voyait des flammes de lave se propager sur toute la surface. Sur le coup, Noxys, prise de panique, chercha à éteindre les brasiers. Cependant, elle comprit rapidement qu'elle ne ressentait aucune douleur, une simple chaleur réconfortante l'enrobait au fur et à mesure qu'elle se faisait envahir.

Tamira, qui avait retiré sa cape noire, s'apprêtait à le lui lancer sur le dos afin d'étouffer les incendies, quand Noxys la freina en disant : "Ne fais pas ça. Je crois que c'est normal."

Note, qui contemplait la scène avec ravissement, répliqua : "Note confirme, tout est normal."

Noxys arrêta de tourner sur elle-même et écarta ses ailes qui s'enflammèrent à leur tour telle un phénix en feu.

Feragil, conquis par la splendeur, réitéra : "Maintenant, il va te rester à apprivoiser cette nouvelle force."

Tamira se retrouvait à nouveau dans une impasse. L'armure refusait de réagir. Pas une seule étincelle. Elle avait beau remettre son heaume et le retirer quelques instants après, rien ne se produisait.

Note avait terminé de manger et de toute évidence, il avait quelque chose de crucial à dévoiler. Son regard se posa sur Feragil, puis sur Aile-d'or. Après une longue hésitation, ressassant dans sa tête chaque épisode où l'on avait décliné de lui accorder la moindre importance, il finit par regarder Tamira et dit : "Note croit que tu réfléchis trop. Note trop de conflits intérieurs. Bon Note doit reprendre ses forces et sa forme."

Tamira aurait bien voulu le retenir encore un peu, mais comprit qu'il n'était pas en mesure de l'aider davantage. Puis, d'un geste simple, elle lui présenta son poignet.

Alors qu'il partait à la course et montait sur Tamira, Aile-d'or s'empressa de lui poser une dernière question, juste à temps avant qu'il ne se transforme. "Note, avant que tu t'éclipses, j'avais quelque chose à te demander."

La petite créature retroussa la tête et lâcha d'un ton agacé : "Note est aux portes de l'abîme. Mais si c'est court, Note répond."

"Comment dire? Fléo Bleu refuse de s'élever dans les airs, pourtant on a bien vu qu'il possède son propre dragon. Ou cela n'était-il qu'une simple manifestation magique qu'il extirpe des entrailles de son corps?" demanda-t-il.

Note se releva, regarda Aile-d'or et se mit à expliquer : "Note n'a pas le droit de dire toute l'histoire. Mais Note peut dire que oui, la monture est au nécromancien. Mais au moment d'éclore, le dragon était déjà mort. Note se rappelle que le jour où il devait rencontrer son âme sœur, il a obtenu un œuf à enterrer. Note croit que c'est là qu'il a craqué pour la première fois. Mais la Note ne tient plus, il doit partir." Et sans dire un autre mot, la créature se métamorphosa en bracelet, abandonnant tout le monde sur leur appétit.

Tamira décida donc de faire de même et, après avoir tiré sa révérence envers ses camarades, elle partit se coucher.

Chapitre 11

Le Jumeau

Le soleil brillait de mille feux lorsque Tamira ouvrit les yeux. Éblouie par la clarté, elle ne reconnaissait pas l'endroit. Que faisait-elle au milieu d'un champ de blé à tête de quenouille? Les longues tiges qui fouettaient le vide à chaque passage du vent lui offraient une ombre partielle avant de faire place au rayonnement à nouveau.

Mais où pouvait-elle bien être? Avait-elle été déplacée pendant son sommeil? Combien de temps avait-elle dormi pour que le soleil soit à son apogée? La tête lui tournait... Cependant, elle devait se relever si elle voulait voir où elle était. Avec difficulté, elle commença par se redresser. "Noxys... Noxys, où es-tu?" Lâcha-t-elle par la pensée. Aucune réponse ne revint. Hésitante, elle recommença à voix haute. "Noxys, où es-tu ma grande?"

Elle attendit quelques instants. Elle se concentra afin de sentir sa présence. Rien! Elle ne détectait tout simplement rien. Comme si un vide s'était installé, il lui manquait quelque chose de gros à l'intérieur. Elle ressentait un malaise lui donnant l'impression qu'on lui avait subtilisé une partie de son âme.

Elle finit par se relever.

Au loin, elle apercevait aux abords du champ une modeste maison. Rien ne lui parut familier. Soudainement, des bruits de froissement derrière elle attirèrent son attention. Le son ressemblait à celui d'un jeune gamin, qui semblait fuir dans le blé juste sous la lisière visible de leurs pointes.

Tamira suivit le déplacement grâce au mouvement des têtes des plantes. Elle décida de l'intercepter pour le questionner. Elle désirait savoir où elle pouvait bien se trouver. Toujours étourdie et chancelante, elle cria. "Allo!" Elle attendit une réponse avant de demander à nouveau d'un ton plus fort. "Allo! Petit! M'entends-tu? Je ne te veux pas de mal. Je crois que je suis perdu."

L'individu continua à se faufiler à travers les herbes longues, sans jamais se montrer, quand elle perçut une voix de jeune garçon qui gueula… "Non… Fous-moi la paix! Il est à moi."

Tamira riposta, tout en cherchant à suivre la migration de l'être qu'elle n'avait toujours pas observé si ce n'est que son déplacement. "Je ne veux rien qui soit à toi... Je désire uniquement savoir où je suis et je m'en vais après. Ou indique-moi le village le plus près, et je quitte."

Le mouvement s'arrêta et une seconde voix se fit entendre. Cette fois-ci, les paroles étaient celles d'une petite fille. Une douce tonalité avec une sonorité familière parvint aux oreilles de Tamira. "Non! Tu sais que tu n'as pas le droit d'y toucher. Rapporte ça ou tu l'as pris et les livres aussi. Tu es trop jeune pour ces bouquins-là. Ce ne sont pas des jouets."

La voix masculine retentit à nouveau et avec une vigueur de défi, il s'écria. "Tu veux le livre? Alors... Attrape!" Puis un très maigre bras noir bleuté pointa à travers le blé, un ouvrage jaillit dans les airs avant de disparaître dans la direction opposée. Un autre mouvement dans l'herbe trahit l'endroit où se trouvait le deuxième individu parti à la poursuite du volume.

Tamira pouvait associer cette deuxième masse à la voix de la petite fille lorsqu'elle entendit de nouveau l'enfant crier. "Papa va être fâché après toi s'il apprend que tu as volé son livre sans permission. Il est mieux de ne pas y avoir la moindre éraflure sans ça, il va t'arracher le bras pour te battre avec le bout qui saigne!"

"Puis quoi encore? Tu vas me dire qu'il va me dévisser la tête pour me chier dans le corps! Tu peux bien parler toi, tu as ton dragon." Tamira pouvait enfin apercevoir au loin le jeune garçon s'arrêter dans une éclaircie où le blé n'avait pas poussé à la même hauteur que le reste. Le petit homme regardait directement dans sa direction, sa silhouette lui parut familière. Pourtant, comment aurait-elle pu le connaître? Il trimballait un objet noir métallique dans le creux de son coude et des papiers parchemin déchirés dans l'autre main.

Tamira voyait que l'enfant cherchait de quel côté il devait se glisser. Elle saisit donc sa chance d'attirer son attention en étirant son bras dans les airs et vociféra. "Hé, gamin… Peux-tu dire où nous sommes?"

Le petit, qui semblait regarder directement à travers d'elle, plongea à quatre pattes afin de disparaître à nouveau sous la végétation.

"Décidément, il ne veut pas m'aider. Peut-être que l'autre va accepter de me renseigner." Se dit-elle.

Elle entreprit dès lors de se diriger là où elle avait entendu la voix féminine, à l'emplacement où le livre serait retombé…

Enfin, elle écarta les dernières pousses de verdure, révélant une jeune fille sur ses genoux. Elle s'affairait à ramasser avec la plus grande délicatesse chaque feuille qui s'était échappée du volume. Tamira pouvait lire sur la couverture : "Grimoire des incantations nécromanciennes." À ce moment-là, elle se dit : "C'est bien ma chance... Il fallait que je tombe sur une famille de croque-morts."

La petite fille releva la tête et la fixa droit dans les yeux. Tamira s'empressa d'articuler. "N'aie pas peur. Je ne vous veux aucun mal. Je cherche qu'à retrouver mon chemin, c'est tout."

Mais l'enfant ne répondit pas et ne semblait aucunement effrayée. Puis soudainement, elle ouvrit la bouche pour demander. "Mais où étais-tu? J'avais besoin de toi."

Tamira fronça les sourcils, ne sachant pas quoi répliquer. Son visage lui était particulièrement familier. Secouant la tête, elle se dit. "C'est impossible."

Puis une nouvelle agitation derrière elle attira son attention. Tamira resta sur ses gardes et pivota pour apercevoir une jeune dragonne qui s'avançait vers elle en réclamant. "Pourquoi solliciterais-tu mon aide? J'en mettrais mes ailes à couper que c'est pour courir encore après ton jumeau. Quels mauvais coups a-t-il échafaudés cette fois-ci?"

La fille répondit d'un ton inquiet. "Je ne sais pas, Séréna. Mais je crains le pire. Il est parti avec l'œuf de son dragon et quelques pages du grimoire de père."

Tamira était restée clouée sur place. Avait-elle bien entendu le nom de Séréna? Bien sûr, il y a plus d'une personne qui pourrait se prénommer ainsi… de toute façon, elle était trop jeune, ce n'était qu'une novice et l'autre… Qui est-il? Ce fameux jumeau!

"De toute façon, Shina… Ta mère m'envoie te chercher. Il semblerait que c'est urgent. Tu lui raconteras tout ça…" Répliqua sa monture…

La fillette bondit sur ses pieds, le grimoire sous le bras. Tamira, dont l'attention était portée sur la dragonne encore sous le choc, n'avait pas remarqué que Séréna s'apprêtait à lui foncer dessus. Elle était trop préoccupée à dévisager la dragonne lorsqu'elle sentit une boule d'énergie la percuter par l'arrière. La petite fille passa directement à travers de Tamira comme si elle n'était qu'un spectre invisible provoquant une onde de froid glacial qui se répandit l'espace d'une seconde dans tout le corps de Tamira.

Tamira s'empoigna l'estomac et se questionna. "Mais…
mais où était-elle? Était-elle après rêvée? Pourtant, elle ne se sentait
pas dans un rêve. Était-elle morte? Non… Sûrement pas… Si elle
n'était pas après rêvée et se sentait toujours bien en vie… Que
diable faisait-elle ici? Quel sort l'avait entraînée ici? Peu importe
où ici ça pouvait bien être."

Soudainement, elle entendit une voix qu'elle n'avait pas
entendue depuis longtemps lui chuchoter à l'oreille. "Tu ne peux
pas t'en empêcher! Il faut vraiment que tu me retrouves, peu
importe où je suis caché."

Elle se retourna, le souffle coupé. C'était bien lui… mais
comment? Il se dressa devant elle, arborant fièrement son armure
argentée. Elle ne reconnaissait plus son lustre poli tel qu'elle l'avait
vu lors de leurs adieux au domaine. Une tunique de fourrure de
travers pendait sur l'une de ses épaules, une main gantée posée sur
le pommeau de son épée, prêt à la dégainer si le besoin se faisait
sentir. Un bâton de magicien dépassait dans son dos. Elle peinait à
reconnaître son frère jumeau, tellement il était méconnaissable. Les
traits de son visage s'étaient durcis, son expression innocente avait
laissé place à celle d'un homme qui a vécu les horreurs de la guerre,
la cruauté de la mort. C'était bien lui, mais il n'était plus l'enfant
avec lequel elle avait grandi. Une petite barbiche avait élu domicile
sur son menton. Quelques lacérations ornaient désormais sa nuque.

Elle finit par ouvrir la bouche pour demander. "Mais comment? Est-ce que c'est vraiment toi? C'est vraiment toi! Mais… mais… où sommes-nous?"

Un petit sourire apparut sur le visage de Firamire. Il mit son index sur les lèvres de sa sœur et avec un ton serein, il lança. "On n'a pas le temps pour tout cela. Ça sera une histoire pour un autre jour. Viens, nous devons suivre notre mère."

Tamira était estomaquée. Elle répéta. "Notre mère?" Elle l'avait reconnu, mais s'était refusée à l'admettre. Comment aurait-elle pu y croire?

Firamire virevolta et partit à la course en direction de la petite maison au bout de la plantation en disant. "Oui, notre maman quand elle était plus jeune… Beaucoup plus jeune."

Tamira se mit à courir derrière lui. Elle pouvait sentir le blé heurter ses cuisses, l'effluve du champ inondait ses narines, ce n'était pas une illusion, elle ne rêvait pas. Par quel enchantement était-elle en présence de son frère? Comment pouvait-elle se retrouver en sa présence et celle de sa mère si jeune?

Firamire se doutait bien que sa sœur devait se sentir perdue, cependant il n'avait pas le temps de répondre à ses questions. Il devait découvrir un secret enfoui dans le passé, mais quel mystère? Et encore plus important, le passé de qui? Pour l'instant, les choses n'étaient pas limpides pour lui non plus.

Arrivé à l'avant de la résidence, il ralentit, suivi de près par sa jumelle, qui lui demanda. "Peut-il nous entendre?"

Firamire lui répliqua sans détourner l'attention de l'entrée de la maison. "Non. Du moins, je ne crois pas. Nous sommes dans un monde parallèle, si j'ai bien compris, une sorte d'écho du passé."

"Mais comment?" revint à la charge Tamira.

Son jumeau répondit en même temps qu'il entra par l'ouverture du bâtiment qui était demeurée ouverte. "Pour être plus précis… J'étais sur le champ de bataille avec nos frères, une mission de reconnaissance, qu'on nous avait dite. Généralement, ce ne sont pas les Dragonniers qui sont désignés pour ce type d'expédition, mais les éclaireurs étaient déjà en déploiement. Donc on s'est portés volontaires… Je donnerais tout pour revenir en arrière à ce moment-là…" Avec un silence qui en disait long, Firamire inspira profondément avant de continuer. "Tout s'est passé si vite… On s'est retrouvés pris dans une embuscade. On n'a rien vu venir… Un ennemi qu'on ne connaissait pas s'est abattu sur nous. Il s'est attaqué à tout le monde. Autant à nous qu'aux lignes ennemies. Et avant que nous puissions réagir, deux de nos frères avaient déjà été terrassés. Et j'aurais été le prochain à tomber, si ce n'était pas de Bulton qui s'est mis entre moi et une entité fantomatique qui nous fonçait dessus. J'ai été désarçonné de sur Miro. J'étais persuadé que mon heure était venue et que j'étais pour mourir. Dans ma chute, je crois que j'ai heurté un autre dragon qui devait voler à basse altitude. Quand je me suis réveillé avec un terrible mal de crâne, j'étais ici, en présence de Nivie... l'une des triplettes..."

Firamire arrêta son histoire pour attirer l'attention de Tamira au fond de la pièce. Séréna, accompagnée de sa dragonne, faisait face à un Dragonnier noir en armure et à une femme de couleur rose cerise.

"Qui sont ces personnes?" demanda Tamira.

Son frère répondit en chuchotant. "Je ne suis pas sûr, mais je crois que ce sont nos grands-parents du côté de notre mère." Puis il fit signe de ne plus faire de bruit et d'écouter.

"Mais père! Je ne veux pas vous quitter. Je ne connais même pas cette famille du Firmament Astral," répliqua Séréna.

Le Drumain lui caressa le menton, le regard triste, il lui répondit. "Moi non plus, je ne désire pas que tu partes. Cependant, une nouvelle guerre a éclaté et les Dragnor attaquent tous les villages du secteur. Bientôt, ils vont arriver ici. Ton frère jumeau et moi pourrons facilement nous fondre parmi eux. Mais toi et ta mère n'avez pas la même couleur et s'ils vous repèrent, je crains le pire. C'est pour ça que j'ai conclu un accord pour que tu sois le plus loin possible des conflits. Je préfère te savoir en sécurité."

"C'est ainsi que notre mère est venue vivre dans le domaine. Mais qui est ce jumeau? Elle ne nous en a jamais parlé d'un quelconque frère," signala Tamira, visiblement intriguée.

Tout à coup, elle se sentit faiblir et tomba à genoux. Le regard apeuré, elle regarda Firamire et dit. "Que m'arrive-t-il? Je me sens si faible."

Son frère lui prit la main et répondit. "Je crois que tu es déjà sur le point de repartir dans notre monde. Toi, tu as voyagé jusqu'ici en esprit, moi je suis corps et âme ici pour découvrir certaines choses avant de pouvoir te rejoindre. Ne crains rien, on va se retrouver."

Tamira n'arrivait plus à rien y voir, c'était l'obscurité totale. Les dernières paroles de son frère finirent par l'atteindre au même moment où elle ouvrit les yeux pour apparaitre à nouveau au cœur de la nuit. Elle pouvait entendre ses camarades parler.

"Dis à notre oncle où je suis." La phrase lui résonna dans la tête. Mais qui était cet oncle? Le petit garçon ressemblait étrangement à ce paquet d'os... Ça ne pouvait pas être ce vieux Fléo Bleu! Où... avait-elle juste rêvé toute cette machination?

La Prophétie

Tous étaient assis autour du feu, à l'exception de Tamira, Note et le Griffon qui dormait profondément. Fléo Bleu, qui venait à peine de se lever, avait rejoint le cercle d'amis qui discutaient.

Lorsque Feragil demanda au nécromancien : "Et toi, tu dois sûrement avoir une théorie à quelle magie nous avons affaire et sais qui s'attaque à tout ce qui vit dans les parages."

Fléo Bleu semblait préoccupé, à la limite inquiet. Cependant, le Drumain cachait bien ses émotions. En réalité, il était terrifié à l'idée que l'adversaire qu'ils avaient rencontré fasse partie d'une très vieille prophétie. Le type de présage qui peut changer l'issue de l'avenir si jamais on prend la mauvaise décision. Une seule personne pouvait réellement répondre à cette question. Un seul être sur cette terre avait tout noté, même les prédictions de ce genre. Il croyait avoir réussi à échapper au destin, à tromper la mort. Mais la seule chose qu'il avait probablement dupée était lui-même.

En guise de réponse, le nécromancien se leva subitement sans dire un mot et se rapprocha de Tamira, qui à sa grande surprise, ne dormait plus. Elle avait les yeux ouverts, le regard dans le vide, perdue dans ses pensées. Quand il se décida à demander : "Tamira, je dois parler à Note de toute urgence."

Tamira tourna très lentement la tête. Les pupilles dilatées à l'extrême. Ses yeux étaient grands ouverts. À moitié desséchés, ils semblaient empreints d'une force vengeresse. Seul le son du crépitement des bûches dans le feu ardent retentissait dans les ténèbres. Elle le fixait d'un regard noir à la limite de la morbidité, cinglant comme celui d'un psychopathe. D'un ton froid, dépourvu de la moindre émotion, elle demanda : "Es-tu mon oncle? Le frère jumeau de ma mère?"

Fléo Bleu, qui ne s'attendait décidément pas à cette question, figea sur place. Il sentit le poids d'une intense tension posée sur lui. Tel un vortex dans le néant, un frisson se glissa le long de sa colonne. Sans cligner des paupières, Tamira soutenant son regard, anticipant une réponse, le mettant mal à l'aise. Les mots lui manquèrent. Comment pouvait-elle savoir cela? Se souvenait-elle de leurs dernières rencontres lorsque sa mère était encore de ce monde? Impossible, se dit-il, elle était beaucoup trop jeune pour en avoir le moindre souvenir.

Tamira se redressa d'un coup et déclara : "C'est donc vrai! Ma mère n'était pas une enfant unique, elle avait un frère. Un frère jumeau en plus."

Le choc fut de courte durée, le nécromancien reprit le contrôle de ses émotions et répondit : "Je ne sais pas qui t'en a glissé un mot, mais le temps presse et je dois impérativement parler à Note. Nous en débattrons plus tard si tu le veux bien."

Tamira donna deux petits coups de son index sur le bracelet et dit sans lâcher Fléo Bleu des yeux : "Note... Note... Mon cachotier d'oncle te réclame, il souhaiterait discuter avec toi, plus qu'avec moi, il paraîtrait."

Note se transforma en s'étirant, accompagné d'un grand bâillement. Il implora : "Note Note désire dormir. Note pas encore remplie d'énergie d'étoile."

Le vieillard ne quittait pas des yeux Tamira et lança à contre-attaque : "Note, j'ai besoin de toi. Tu dois sortir le livre des prophéties des moines."

Note se mit à frémir et recula d'un pas. Visiblement troublé, le renard déclara : "Note ne sait pas de quoi Bleu parle."

La voix du nécromancien adopta un ton atrabilaire en disant : "Ne me prends pas pour un vieux fou. Tu me connais mieux que cela."

La conversation, qui avait haussé d'intonation, attira la curiosité des autres voyageurs qui se rapprochèrent pour clairement comprendre l'enjeu.

Tamira demanda : "De quoi parles-tu? Ne vois-tu pas que tu l'effraies?"

Fléo Bleu aligna Tamira avec un regard de marbre. Puis amusé, il esquissa un sourire pincé et reprit : "Moi! Lui faire peur! Tu veux rire de moi. Ça serait plutôt à moi d'avoir peur de lui. Mais il détient des informations si majeures qu'il en est pétrifié lui-même."

Fcragil se mit à rigoler en radotant : "Fléo Bleu craintif devant cette petite breloque. C'est à pisser de rire. L'homme qui parle aux morts aurait les chocottes devant une parure. Le Grand

Nécromancien, légende parmi les légendes des Drumains, aurait donc un talon d'Achille."

Tamira, perplexe, avait du mal à en croire ses oreilles. Néanmoins, elle supplia Note en le requérant doucement : "Note, mon adorable petit bijou. Sais-tu réellement si un tel manuscrit existe ou pas?"

Note regarda le sol et avec un ton d'impuissance, répondit : "Note sait très bien ce que Fléo Bleu réclame."

"Où est-il? Peux-tu l'avoir?" Demanda Tamira.

La petite créature répondit d'un hochement de la tête. Il s'apprêtait à enchaîner avec des mots qui changeraient la perception des gens qui l'entouraient à tout jamais. "Note sait où il est. Note va ouvrir une fenêtre dans la bibliothèque du monde incomplète, mais vous devez tenir Note ici et ne jamais lâcher prise sur Note. Sans ça... plus jamais de note."

Tamira se préparait à demander des explications sur ce qu'il voulait dire par un monde incomplet quand un châssis déchira la toile du vent. Il s'élargit à peine de la hauteur d'un avant-bras. C'était la première fois qu'il voyait le moindre portail se matérialiser de la sorte devant leurs yeux.

Hésitant, le petit renard tremblait plus qu'un caillou qui dégringolait d'une falaise. Les deux minuscules pattes se caressaient violemment. Il appréhendait nerveusement ce qu'on réclamait de lui.

Sommer d'agir par Fléo Bleu qui l'encourageait à presser la manœuvre en lui lançant : "C'est pour cette nuit où tu attends la nouvelle lune?"

Feragil connaissait Note depuis l'apparition de ses premiers poils sur les épaules. Il avait toujours perçu cette petite peste comme une figure d'insouciance sans la moindre conscience du danger. Un immortel parmi les mystères de ce monde. De le voir ainsi, agonisant de terreur, rien ne l'avait préparé à cette vision.

Note déplaçait son bras lentement. Son regard valsait frénétiquement entre ses deux camarades qui s'accrochaient d'une poigne de fer à chacune de ses jambes. Seul un minuscule petit bras parviendrait à traverser la déchirure qui semblait absorber toutes formes de lumière.

Avançant avec précaution par l'œil béant de son portail à la quête du fameux recueil prophétique. Il semblait tâter quelque chose quand Fléo Bleu lui demanda : "Est-ce que ça vient?"

Tamira lui renvoya à son tour : "Tu te calmes. Ne vois-tu pas qu'il cherche de son mieux?"

Fléo Bleu s'apprêtait à répliquer tandis que tous les autres spectateurs regardaient en silence quand Note se mit à crier de peur tout l'air qu'il avait dans ses poumons. Faisant de facto même tressaillir tout le groupe qui jusqu'ici s'était laissé absorber par le spectacle. "Note est pris… Non… non lâcher, Note!"

Le trou s'élargissait avec la lenteur d'une mare de sang s'abreuvant de chacune des gouttes qui tombent d'une plaie béante. Un bruit de grincement de serre affilée écorchant une surface métallique retentissait au travers des hurlements hystériques de Note, tel un petit rongeur qui aurait coincé une patte corsetée dans le piège du trappeur.

Tamira était à deux doigts d'échapper son ami quand elle aperçut pour la première fois ses yeux rouges sanguinaires les épie par l'ouverture du portail. Elle n'arrivait pas à confirmer s'ils étaient là depuis le tout début ou s'ils venaient tout juste d'apparaître.

Des petits bras ressemblant aux bras des spectres qui les avaient attaqués sortaient de l'orbite qui ne cessait de s'élargir sous les yeux de tous. S'agrippant à Note d'une force inouïe, marquant par le fait même la chair de métal. Ils cherchaient à l'entraîner dans ce gouffre funeste.

Tamira n'arrivait plus à tenir, le minuscule membre dans sa main glissait effroyablement. Elle allait le perdre. Retenue désormais que par la pointe de ses doigts, elle sentait la tension sur ses ongles chercher à fléchir sous le tiraillement. Mais elle ne pouvait pas l'abandonner à son sort. Quitte à endurer que tous ses ongles se plient et même s'arrachent l'un après l'autre, à cause de la pression qu'elle devait exercer pour le maintenir avec eux. Elle le ferait.

Les bras ne voulaient pas céder leur emprise et tirèrent un coup sec qui prit Tamira au dépourvu. Note disparut pratiquement en entier par la bouche du portail.

Fléo Bleu vit au dernier moment Tamira perdre le contrôle avant de basculer à la renverse, les deux mains vides. Il lâcha d'une main sa prise sur la patte. Et dans un ultime effort, il agrippa la queue du renard qui l'empêchait de subir le même sort. Le front en sueur, la rage au cœur, il se mit à grogner entre ses dents avant de s'époumoner en criant : "Non! Vous ne l'aurez pas!"

Un bruit de métal tordu éclata. Les doigts des petites mains commençaient à s'enfoncer dans les bras de Note qui braillait de douleur.

Bino eut pour réflexe de se placer en face du trou derrière Fléo Bleu et déferla un nouveau rugissement infernal qui prit par surprise les mains macabres. Lâchant Note l'espace d'une seconde, cela suffit à Fléo Bleu pour le libérer des griffes de ses créatures.

Note réapparue de l'embouchure tenant un ouvrage entre ses doigts.

Au moment d'être complètement dégagé de l'ouverture, qui se refermait sur elle-même, des mains de spectres s'agrippèrent au bout du volume et dans une dernière bataille de force, en emportèrent plus de la moitié qui se déchira à la fermeture du passage.

Note laissa tomber au sol les portions du livre qui avaient survécu avant saisir son bras, marqué de lacérations et affichant une expression de grande souffrance.

Tamira recueillit Note dans ses bras qui tremblaient hors de contrôle.

Tous étaient restés sans mot face à ce qu'ils venaient d'assister, à l'exception de Fléo Bleu qui ramassa l'article à qui l'on venait d'éviscérer la moitié des pages.

"Que va-t-on faire avec seulement une partie de la prophétie?" reprit Fléo Bleu.

Aile-d'or le regarda et demanda : "Tu ne proposes quand même pas qu'on se déplace pour aller la chercher sur cette planète avec ces créatures-là?"

À suivre…

www.Lios-art.com

Admin@lios-art.com

Édition ScriptoSceptique